AF600948

QUELQUES OBSERVATIONS

SUR

L'AULULARIA

DE PLAUTE

MACON, PROTAT FRÈRES, IMPRIMEURS.

QUELQUES OBSERVATIONS

SUR

L'AULULARIA

DE

PLAUTE

PAR

PAUL LE BRETON

Ancien élève de l'École pratique des Hautes Études.

PARIS

LIBRAIRIE C. KLINCKSIECK

11, RUE DE LILLE, 11

1898

A M. W. M. LINDSAY

Hommage respectueux et reconnaissant.

P. L.

AVERTISSEMENT

Il y a un an et demi, j'ai présenté cet opuscule comme thèse à l'examen de la licence ès lettres : j'ai obtenu la note 17. Néanmoins, je fus refusé à l'écrit « pour connaissance insuffisante de la langue latine. » Quelques jours plus tard, quand on s'aperçut de la contradiction, on m'accusa d'avoir fait faire mon travail par un autre. Je ne veux pas qualifier cette façon de procéder.

Je tiens à remercier ici tous ceux qui ont guidé mes premiers pas dans la carrière philologique : M. Louis Havet, membre de l'Institut, et M. Paul Lejay, dont les précieux avis et les sages conseils m'ont été de la plus grande utilité.

Bibliographie. — T. Macci Plauti comoediae, recensuit F. Ritschelius sociis operae adsumptis Löwe, Götz, Schöll, *Lepzig, 1879-1892.* — L. Havet, Revue de Philologie, *1888, pp. 80, 106, 187.* — Plauti Amphitruo edidit L. Havet, *Paris.*

1895. — P. Terenti comoediae edidit F. Umpfenbach, *Berlin*, *1870*. — F. Mazois, Les ruines de Pompéi, *2 vol. in-folio*, *Paris*, *1824*. — Daremberg et Saglio, Dictionnaire des antiquités grecques et romaines, *Paris*, *1879*. — Vitrvvii, de architectura libri decem *ed. Rose*, *Leipzig*, *1867*. — Lindsay, An introduction to latin textual emendation, *London*, *1896*.

QUELQUES OBSERVATIONS

SUR

L'AULULARIA

DE PLAUTE

I

GÉNÉRALITÉS SUR LE THÉATRE A ROME[1]

Durant toute cette étude, nous nous placerons dans la position des acteurs regardant le public.

Aujourd'hui dans le langage théâtral, on appelle côté *cour* la gauche de l'acteur et côté *jardin* sa droite. Les anciens avaient une dénomination beaucoup plus logique. L'acteur qui entrait à gauche venait *a foro*; quand il entrait à droite, il venait *a peregre* (*portus* ou *rus* suivant les cas[2]).

A l'époque de Plaute, la scène était beaucoup plus simple qu'à l'époque postérieure, étant donné l'instabilité des théâtres : mais elle comprenait au moins dans ses grandes lignes les parties de la distribution qui va suivre.

Dans les théâtres romains, la scène était tout aussi

1. Pour ces généralités, cf. Vitr. de arch. lib. 5 6789 p. 116-120 éd. Ross et Mazois, *Ruines de Pompéi.*

2. Cf. Vitr. « Quae (il parle des uersurae, *coulisses*) efficiunt una a foro, altera a peregre aditus in scenam ». L'Amphitruo nous indique lequel des deux est à droite de l'acteur. Au *u.* 333, Mercure dit : « Huc mihi dextera uox auris, ut uidetur uerberat ». Or Sosie arrive *a peregre* *u.* 161 (ou a portu *u.* 163).

large que la scène des théâtres grecs : elle comportait un développement en conformité avec la grandeur et la forme du théâtre lui-même. En outre, cette scène était un peu plus profonde que la scène grecque, à cause du plus grand nombre d'acteurs qui figuraient. Elle comprenait trois parties :

1° La *scaena* ou la scène proprement dite ;

2° Le *proscenium* ou avant-scène ;

3° Le *postcenium* ou arrière-scène ;

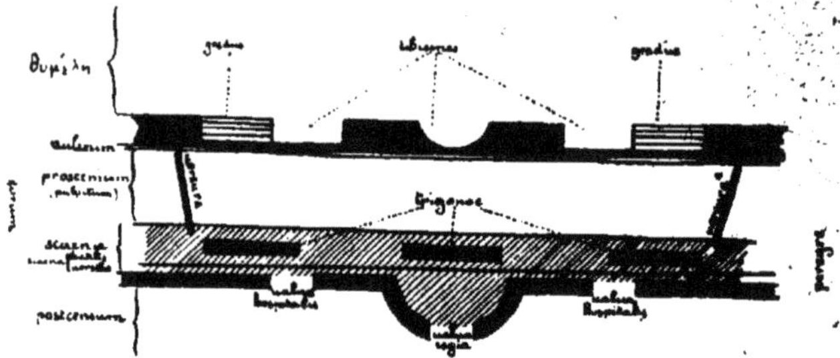

Le *postcenium* était l'endroit spécialement réservé aux acteurs. La *scaena* était bâtie en pierre et ne bougeait jamais : elle formait une bande relativement étroite par rapport à l'ensemble de la scène et de ses dépendances. La *proscenium* au contraire était très large et mobile : il était construit en planches et s'appuyait sur la *scaena*. C'est là que se trouvaient les trappes par où apparaissaient ou disparaissaient brusquement les Furies ou autres génies fantastiques.

La partie la plus avancée du *proscenium* s'appelait *pulpitum* (peut-être même que le plancher du *proscenium* portait ce nom). Il était assez vaste pour que le chœur pût y faire ses évolutions dans les tragédies. C'était là que parlaient les acteurs. Le *pulpitum* ne doit pas être confondu avec la θυμέλη qui était primitivement l'autel. La θυμέλη se trouvait dans l'orchestre et l'orchestre n'était pas de plain-pied avec la scène proprement dite. Il y avait deux escaliers pour descendre du pulpitum dans l'orchestre. Entre les deux escaliers, il y avait une niche pour mettre le *tibicen* et les musiciens.

Pour la décoration générale de la scène, il y avait le plus souvent une construction architecturale en pierre, qui par conséquent ne changeait jamais : elle représentait un palais avec des colonnes et des statues ; ce décor servait pour les tragédies. Au fond, il y avait trois entrées : au milieu, la *ualua regia* ; à droite et à gauche, les *ualuae hospitales*, la première destinée aux entrées et sorties des protagonistes, et les deux autres aux entrées et sorties des deutéragonistes [1].

Pour les comédies, il y avait des décors : mais à Rome comme en Grèce, on n'était pas trop réaliste. Il n'y avait que fort peu de trucs et fort peu de machines : le tout consistait, à la différence des théâtres modernes qui veulent produire l'illusion la plus complète, en un dispositif général, destiné à donner aux spectateurs un coup d'œil d'ensemble sur la situation générale de la scène et à leur faire comprendre la pièce.

Les décors comprenaient trois parties :

1° De chaque côté de la scène [2] se trouvaient trois prismes triangulaires mobiles sur des pivots (*trigones* [3]). Une face présentait l'architecture d'un palais pour la tragédie, la deuxième des édifices privés pour la comé-

1. Ipsae autem scaenae suas habent rationes explicatas ita uti mediae ualuae ornatus habeant aulae regiae, dextra ac sinistra hospitalia.

2. ...ex his trigonis cuius latus fuerit proximun scaenae frons (Vitr. *Arch.* lib. 5 6 p. 117 l. 5-13).

3. ...secundum autem spatia ad ornatus comparata, quae loca Graeci *periactous* dicunt ab eo quod machinae sunt in his locis uersatiles trigonoe habentes singulae tres species ornationis, quae cum aut fabularum mutationes sunt futurae seu deorum aduentus cum tonitribus repentinis, uersentur mutentque speciem ornationis in fronte. (Vitr. *id.* 7 et 8, p. 119).

die, la troisième des arbres et des rochers pour les pastorales et les drames[1] satiriques[2].

2° Les *uersurae* étaient de simples châssis que l'on glissait de chaque côté pour indiquer le côté *forum* ou le côté *peregre* et pour dissimuler l'intérieur des coulisses[3].

3° La *scaena ductilis* ou *uersilis*[4] servait à cacher l'architecture de la scène ou simplement le *postcenium*. Elle équivalait à nos fermes ou à nos toiles de fond.

D'après cette disposition générale, il est facile de voir qu'il y avait trois issues au moins : une *a foro*, l'autre *a peregre*, la troisième par le fond.

Dans l'Aulularia, il n'y en a que deux qui soient bien indiquées : celle *a foro* (*uu.* 105 *sqq.*, 264, 273, 281, 373, 473) et celle du côté *rus* (*u.* 674).

La troisième n'est pas clairement marquée (cf. scènes avant les *uu.* 120 et 682). Dans le Rudens, au contraire,

1. Genera autem scaenarum tria, unum quod dicitur tragicum, alterum comicum, tertium satyricum. Horum autem ornatus sunt inter se dissimili disparique ratione, quod tragicae deformantur columnis et fastigiis et signis reliquisque regalibus rebus, comicae autem aedificiorum priuatorum et maenianorum habent speciem prospectusque fenestris dispositos imitatione communium aedificiorum rationibus, satyricae uero ornantur arboribus speluncis montibus reliquisque agrestibus rebus in topiarii speciem deformatis.

2. Cette distinction n'est pas très fondée : car dans le Rudens par exemple, qui n'a rien de pastoral ni de satirique, la scène se passe au bord de la mer au milieu des rochers : de plus il doit y avoir un temple et une maison.

3... secundum ea loca uersurae sunt procurrentes, quæ efficiunt una a foro, altera a peregre aditus in scaenam (Vitr. *id.*).

4. La distinction entre la scaena uersilis et la scaena ductilis est dans Servius *Georg.* III, 24 : « Versilis tunc erat cum subito tota machinis quibusdam convertebatur et aliam picturae faciem ostendebat : ductilis tunc, cum, tractis tabulatis hac atque illac, species picturae nudabatur interior (III, 1, p. 276 ed. Thilo et Hagen). C'est sans doute parce que le proscenium était en bois et mobile qu'au théâtre de Pompéi, on n'a retrouvé que les traces de son existence, mais rien des uersurae. Par contre, on a retrouvé : « des blocs de pierre, garnis de fer, percés de trous, dans lesquels il y a des pivots de fer et les restes d'une poutre. C'était sans doute sur ces pivots que l'on appuyait et que l'on manœuvrait la scaena uersilis ou les trigones (Mazois, IVe partie, p. 63). »

ces trois issues sont nettement déterminées : seulement les noms changent à cause du changement de paysage.

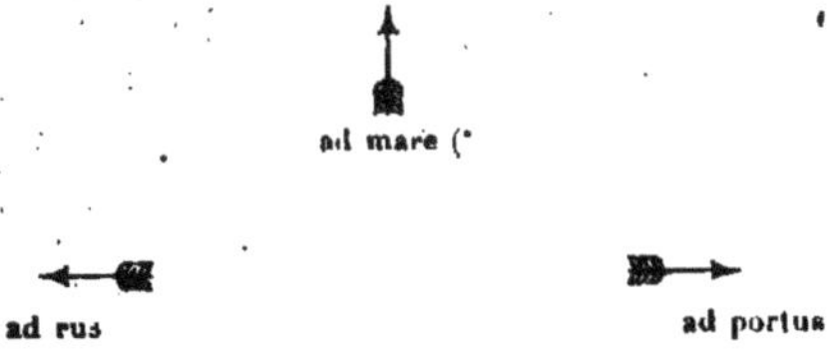

La vue de la scène était, durant les entr'actes, cachée aux spectateurs par un rideau (*aulaeum*). Vitruve ne nous en dit rien. Quelques passages d'auteurs latins permettent d'en avoir une idée[1]. La toile se baissait au lieu de se lever (*mittere*[2]) au commencement de la pièce, et se levait quand la pièce était terminée[3] (*tolli*) : une trappe devait se rabattre sur le rideau, quand il était descendu sous le pulpitum[4], afin de permettre aux acteurs de s'avancer jusqu'au bord du pulpitum proscaenii.

* Palaestra et Ampelisca arrivent par le fond, c'est-à-dire de la mer (cf. Rudens, 206. 250 et surtout 275).

1. Cf. Ov. *Met.* III. 111-114 ; Phaedri *fab.* V, 7, 23-24 ; Cic. *pro Cael.* 66 ; Hor. *ad Pison.* 154-155 ; Verg. *Georg.* III, 24-25.

2. Phaedri *fab.* V, 7, 23-24. « Aulaeo misso. »

3. Ovide nous renseigne

> Sic, ubi tolluntur festis aulaea theatris,
> Surgere signa solent, primumque ostendere uultus,
> Cetera paulatim, placidoque educta tenore
> Tota patent imoque pedes in margine ponunt.
> (*Met.* III, 111-114).

4. Ce devait être un système analogue à celui qui existe au Théâtre français pour les représentations d'Antigone et d'Œdipe-Roi.

II

DES INDICATIONS SCÉNIQUES DANS LES PIÈCES DE PLAUTE

Dans les pièces modernes, nous avons les petits caractères et les notes au bas des pages pour indiquer les changements de place, les gestes des interlocuteurs, les plus menus détails de mise en scène, les *a parte*[1]. Les Anciens n'avaient que le texte et pas autre chose[2].

Ils avaient cependant une autre ressource pour indiquer à leurs personnages la place qu'ils devaient occuper. « Dans tout Plaute, comme dans tout Térence, le choix des démonstratifs mérite l'attention la plus scrupuleuse. C'est ce qui nous fait connaître la position de chaque interlocuteur. » (L. Havet, *Revue de Philologie*, 1888, p. 108).

Les pronoms en latin, principalement à l'époque archaïque et classique (beaucoup moins à l'époque impériale) ont une propriété et une force qui n'existent pas dans les langues modernes. Nous dirons tout aussi bien en parlant d'un homme, *celui-ci* ou *celui-là*, sans que nous impliquions une idée de rapprochement ou d'éloignement. Les Latins, au contraire, attribuaient au sens

1. Cf. Œdipe-Roi de *Sophocle*, traduit par Jules Lacroix. — *E. Manuel*, les Ouvriers, 13e édition, Paris, Calmann-Lévy.

2. On peut objecter deux passages de Plaute. On trouve la mention *Lena restitit* dans l'en-tête de scène avant le *u.* 120 de la Cistellaria : mais, comme on le verra plus loin, les en-têtes sont fortement supects d'être corrompus. L'autre passage est Aul. *u.* 60 *hoc secum loquitur*. Ce ne doit être qu'une explication interlinéaire ajoutée par des glossateurs du IXe siècle. A part ces deux passages, ni l'Ambr. de Plaute, ni le Bemb. de Térence, qui font autorité, ne portent d'indications semblables.

de leurs pronoms la plus grande force et la plus grande justesse possible. Chez les écrivains latins, mais surtout chez les comiques et chez les tragiques, les démonstratifs ont deux emplois qui semblent entièrement différents, mais qui, au fond, reposent sur un même principe, la distinction des personnes.

Il y a d'abord l'emploi purement démonstratif. Les pronoms indiquent si celui qui parle est de la première, de la deuxième et de la troisième personne.

C'est le pronom *hic* (*is* est à la fois le possessif et le démonstratif personnel) qui correspond au pronom *ego* ou *nos*. L'acteur parle de personnes ou de choses le concernant.

Iste[1] correspond à *tu* ou à *uos* : un acteur parle à un autre de ce que cet autre vient de lui dire ou de quelque chose qui concerne cet autre.

Ille correspond à la troisième personne : un acteur parle d'une chose ou d'une personne étrangère à ce qui se passe à côté de lui, ou bien qui est en dehors de la scène.

De là les sens dérivés de proximité ou d'éloignement. *Hic* marque l'endroit où nous sommes ou bien la personne qui est tout proche ou à côté de nous, et *ille* un endroit, une personne ou une chose quelconques, plus ou moins éloignés de celui qui parle, généralement en dehors de la scène ou que celui qui parle croit en dehors de la scène. Quand il y a à la fois une certaine distance entre deux interlocuteurs sur la scène et un éloignement moral (c'est-à-dire *a parte*), on emploie également *ille*.

1. A noter pour *iste* une dérivation qu'on rencontre quelquefois dans le sens de mépris, équivalent à notre phrase française : « Ah ! il n'est pas mal, *votre* ministre. » Ce n'est pas plus le ministre de la personne à qui vous parlez que le vôtre : il est peut-être à tous les deux. Cf. Aul. *u.* 410.

Hic s'emploie très bien aussi pour désigner quelqu'un ou quelque chose qui est en dehors de la scène, mais à la condition expresse que ce qui est en question soit à proximité immédiate de celui qui parle.

Il faut remarquer que *is* et *iste* ne marquent jamais la position des personnages. *Iste* ne pourra jamais indiquer l'*a parte* : mais indiquera toujours nettement que l'on s'adresse directement à la personne à qui l'on parle[1].

Ces principes étant posés, nous allons essayer de les justifier par l'examen de la mise en scène, les changements de place, les gestes d'interlocuteurs dans l'Aularia.

III

DE LA DISTRIBUTION EN ACTES DE L'AULULARIA

Plaute, pas plus que les autres comiques ou tragiques latins, n'a connu les coupes en actes : tout ce que nous trouvons à ce sujet dans les éditions modernes de Plaute est l'œuvre d'humanistes de la Renaissance et, partant, fortement arbitraire. Si encore elles avaient été bien faites! Pour l'Aulularia surtout, on a distribué les actes au hasard. La proportion au point de vue de la longueur ne laisse pas trop à désirer, il est vrai : le prologue et l'acte I ont ensemble 119 vers, l'acte II en a

1. Les mêmes règles sont en tous points applicables aux adverbes équivalents : hic, huc, hoc, hac, illic, illoc, illuc, illac, istic, istoc, istuc, istac.

285, l'acte III, 182, l'acte IV, 220. Mais les coupures ont été faites sans aucun souci de la vraisemblance dramatique.

La séparation entre l'acte I et l'acte II est la seule qui soit réellement à sa place : la scène est vide, on peut supposer un arrêt dans l'action, puisque d'autres personnages viennent de parler de choses tout autres que celles dites précédemment.

La séparation entre l'acte II et l'acte III est des plus malheureuses : pendant la scène 8 de l'acte précédent, Euclio, qui entend du bruit dans sa maison, s'y précipite pour en chasser les intrus et commence à frapper les coci. Anthrax, qui sort à ce moment de chez Megadorus pour aller demander un ustensile à son camarade Congrio, entend le tapage que fait Euclio et les coups dont l'avare gratifie les cuisiniers : il prend la fuite. On s'attendait à voir sortir Congrio battu. Pas du tout, on baisse (ou plutôt on lève) le rideau : Congrio ne paraît en hurlant de douleur qu'après l'entr'acte ; pendant ce temps, il a dû recevoir une fameuse *volée*[1].

La coupure de l'acte IV n'est guère meilleure : Euclio vient de quitter Megadorus, il entre pour cacher son trésor dans le temple de la bonne Foi qu'il a l'air de connaître dans tous les coins. Rideau. Strobilus arrive après l'entr'acte et dit les *vv.* 587-607. Euclio sort à ce moment. Le spectateur pourra se dire : « Au moins l'avare a mis le temps à trouver une cachette dans un endroit où d'ordinaire on ne va pas voler et qu'il connaît comme tel. Son trésor y sera en sûreté : ce n'est pas là qu'on ira le chercher. »

La coupure de l'acte V vaut les deux précédentes :

1. Il serait préférable de faire commencer un acte à la scène 4 de l'acte II, afin de laisser à Megadorus le temps de louer les cuisiniers et de faire ses emplettes.

aux *uu.* 805 sqq., Lyconides déclare qu'il va attendre son esclave : le rideau se lève, puis se baisse et Lyconides attend encore. Cette patience n'est pas, à en croire les écrivains latins, le fait des propriétaires d'esclaves dans l'ancienne Rome. D'ailleurs Lyconides n'est pas homme à attendre[1]. L'absurdité est flagrante

C'est pourquoi je n'emploierai pas la terminologie usitée d'ordinaire. Quand il s'agira de citer une scène ou bien un en-tête de scène, je dirai, par exemple au lieu de acte III, scène 2, « scène qui commence au *u.* 415 » — « en-tête de scène qui se trouve avant le *u.* 415. »

IV

STROBILUS ET PYTHODICUS[2]

La rédaction des en-têtes de scène et la distribution des noms de personnages dans le dialogue ne sont pas les mêmes dans les comédies latines que dans les pièces modernes. Nous répétons les noms de nos interlocuteurs chaque fois que c'est leur tour de parler. Les Anciens avaient un moyen d'économiser et leur temps et leur papyrus. Si on considère la façon dont sont transcrites leurs pièces dans le Bembinus de Térence et l'Ambro-

1. Cf. *uu.* 696-699.

Sed seruum meum
Strobilum miror ubi sit, quem ego iusseram
Hic opperiri. Cum ego mecum cogito,
Si mihi dat operam, me illi irasci iniurium est.

2. Cf. Lindsay, *Latin Emendation*, Ch. I Errors of emendation, p. 11 sqq.

sianus de Plaute, les noms écrits d'après nos principes se seraient confondus avec le dialogue proprement dit. Il fallait quelque chose qui frappât de suite les yeux. Ils remplacèrent les noms par une lettre grecque, qui servait à désigner le même acteur durant toute la pièce (ou quelquefois seulement pour une scène). Tel personnage s'appelait A, un autre B, un troisième Γ et ainsi de suite. Ce moyen très simple et très net (la lettre était en rouge) indiquait clairement les changements d'interlocuteurs. Le Bembinus de Térence nous a conservé une reproduction exacte de cet usage antique[1]. La résolution de la clef et la nature du rôle étaient indiqués avec le nom dans l'en-tête qui précédait chaque scène; par exemple *Phormio*, sc. avant le *u*. 179.

A GETA Γ ANTIPHO B PHAEDRIA DV
SERVOS ADVLESCENTES II

Le Bembinus donne :

1° Le nom de l'acteur (Geta, Antipho, Phaedria).

2° Le rôle qu'il joue (seruos, adulescens).

3° La lettre grecque qui sert à le désigner durant la scène (A B Γ).

4° Les expressions DV (= deuerbium) indiquait que c'était du dialogue parlé: C (= canticum) indiquait le dialogue chanté.

Quant à la Renaissance caroline, on recopia les manuscrits de Plaute, ce moyen fut, sans doute, trouvé peu pratique pour les lecteurs contemporains. On laissa en blanc l'espace réservé aux sigles grecs, ainsi que les en-têtes de scène, afin qu'un rubricator pût les remplacer à l'encre rouge par le nom équivalent.

1. L'Ambrosianus ne peut nous en donner qu'une faible idée, l'encre rouge ayant disparu par suite du lavage opéré sur le mss.

Malheureusement pour le manuscrit archétype, grâce auquel Plaute nous est parvenu, l'œuvre du rubricator n'a pas toujours été faite[1]. Là où nous trouvons des noms et les en-têtes, c'est une restitution souvent faite *de chic* par les copistes sans aucun texte sous les yeux. Les confusions, les omissions, les interversions n'en sont qu'une preuve trop évidente.

C'est ce que nous allons essayer de montrer.

Nous laissons de côté les manuscrits *E J O*, qui présentent des traces de remaniements (cf. *Götz*, *Ann. Plautina*, p. 73) et à plus forte raison *FZ*[2].

BCD, bien que dérivant d'un même archétype, ne subissent pas toujours le même traitement. Très souvent, ils ne donnent rien du tout : par exemple pour le *Stichus*, le *Persa* et la plus grande partie du Rudens (*B* 100-1423 : *CD* 100-335, 382, 417-447, 497-518, 525, 534-584, 654-687, 702, 706-821, 727, 795, 826-863, 877-885 et 986-1265, sauf une dizaine de vers où ils sont conservés dans *D*.

Il y a d'abord une remarque très importante à faire. La répartition des interlocuteurs n'est en général bien faite que dans les scènes où il n'y a en présence que deux acteurs et encore ce n'est pas toujours sans quelques

1. Pour 16 pièces au moins. Quatre doivent être écartées : deux dont les noms représentent peut-être une tradition, puisqu'elles conservent les lettres grecques, le *Trinummus* et le *Poenulus*, et deux qui n'ont ces lettres que dans quelques scènes, la *Mostellaria* (sc. avant les *uu.* 532 et 783) et le *Truculentus* (sc. avant les *uu.* 256, 711, 775) : et encore, pour ces deux dernières, l'authenticité des lettres me semble singulièrement compromise par la multiplicité des fautes qui se produisent aux endroits où elles se trouvent.

2. On ne saurait trop blâmer le principe qui a présidé à la confection de l'édition de Goetz-Loewe-Schoell. Quand il y a une particularité concernant un nom d'interlocuteur, au lieu de la répéter chaque fois qu'elle se rencontre, on l'indique une seule fois pour toute la scène ou même toute la pièce. Et encore si on pouvait la trouver facilement : tantôt elle est mentionnée dans l'apparat (*Rud.* p. 11, *u.* 99), tantôt dans la préface (*Aul.* p. X), tantôt à la fois dans l'apparat et la préface (*Mil.* p. 10, *u.* 16 et p. XIX-XX). Au lecteur de s'y reconnaître.

omissions[1]. (*Amph.*, sc. avant le *u.* 153, cf. 153, 176, 180, 185, 186, 317, 318, 319, 323, 324, 362, 363, 364. — *Aul.*, sc. avant le *u.* 120, cf. 170, 171, 172. — *Capt.*, sc. avant le *u.* 781, cf. 817-818, 867-868, 885-886. — *Pseud.*, sc. avant le *u.* 3, cf. 16, 18, 29, 31, 32, 36, 37, 47, 60, 81, 88, 131. — *Mil.*, sc. avant le *u.* 947, cf. 957-958, 965-966, 969, 980, 987, etc.). Quand il y en a trois, et, à plus forte raison quatre ou cinq, si les noms ne sont pas omis (*Aul.*, omis par B^1 *D* du *u.* 415 au *u.* 580 ; les noms sont rétablis par B^2. — *Mil.*, *uu.* 1137-1191), ou bien les attributions sont simplifiées (*Aul.*[2] *uu.* 280-339), ou bien le désordre le plus complet y règne[3]. (*Mil.*, sc. avant le *u.* 1394, cf. 1398, 1400, 1401, 1405, 1406, 1407, 1409, 1418, 1420, 1422, 1424, 1425, 1429, 1431, 1435, 1437. — *Pseud.*, sc. avant le *u.* 230, cf. 237, 239, 240, 254, 268, 269, 273, 279, 283, 296, 321, 326, 329, 330, 331, 335 : je laisse de côté 336-338, où il y aurait une interversion à discuter : 340, 348, 354, 357, 359, 362 : 357-370 seraient à revoir de près pour la distribution : 380, 393. — *Capt.*, sc. avant le *u.* 251, cf. 253, 255, 266, 269, 271, 272, 274, 277, 284-287, 334, 335, 358, 359, 385, 393, 394, 397-400, 428, 429, 430, 447).

1. C'est sans doute la simplicité du dialogue presque toujours deux acteurs seulement sur le théâtre, excepté aux sc. avant les *uu.* 280, 350, 682, où mes critiques trouvent leur pleine confirmation qui fait que la distribution est assez exacte dans l'*Aulularia*. Même observation pour l'*Amphitruo*.

2. Il y a dans cette scène deux cuisiniers et un esclave. Au lieu du nom de chaque cuisinier, les mss. placent le nom générique Cocus aux *uu.* 283, 287, 289, 293, 294, 296, 298, 303, 307, 309, 314, 323, 330. Une seule fois, il y a Congr. *u.* 322, jamais Anthrax. Aux *uu.* 333, 338, 349, il a Congrio, mais un nouvel en-tête de scène, fautif, il est vrai, est donné avant le *u.* 327.

3. La *Cistellaria* a besoin d'être entièrement remaniée pour les noms d'interlocuteurs à cause de la lacune. Cf. éd. Goetz-Schoell, p. XI-XIV.

C'est surtout au commencement des pièces que les trois sources *BCD* donnent conjointement les noms d'interlocuteurs : mais il arrive également qu'elles la donnent pour toute la pièce (par exemple *Pseud.*). Cependant les omissions sont nombreuses : voici les principaux cas :

Quand *B* donne les noms d'interlocuteurs, *CD* les omettent (*Mil.*, *uu.* 187-255, 313-330, 337, 340, 439, 520-586, 829, 830, 848, 852, 874, 878, 881, 958, 987, 1214, 1314-1319, 1324, 1342. — *Pseud.*, *uu.* 33, 38, 159, 238, 295, 354, 427, 453, 457-478, 481-501, 504, 560, 609, 1166, 1231).

Quand *CD* donnent les noms, *B* les omet (*Mil.*, *uu.* 272, 481, 496, 787, 789, 790, 900, 909, 945. — *Rud.*, *uu.* 1205-1418. — *Ps.*, *uu.* 18, 37, 47, 88, 547, 595, 610, 623, 638, 712, 952, 992, 1011, 1015, 1016).

D donne seul les noms d'interlocuteurs : ils sont omis dans *BC* ou dans l'un des deux seulement (voir les exemples du Rudens, cités plus haut, excepté *uu.* 1205 à 1265. — *Aul.*, *uu.* 587 à 831. — *Capt.*, *uu.* 240-498[1]. — *Pseud.*, *uu.* 242, 279, 326. — *Mil.*, *u.* 979), ou il les omet seul quand ils sont dans *BC* (*Mil.*, *uu.* 616, 930, 1027, 1036, 1217).

C omet les noms quand ils sont dans *BD* ou l'un des deux seulement (*Mil.*, *uu.* 52-78, 171-186, 196, 219, 232, 241, 255-260, 961. — *Pseud.*, *uu.* 89, 99, 196, 321, 345, 348, 380, 453, 479, 502, 507-523, 1154. — *Rud.*, *uu.* 323, 336-380, 414-416, 485-494, 519-523, 527, 533, 688-694, 725, 728, 745, 761, 780-786, 792-794, 866-871).

Quand les trois sources donnent les noms, elles sont loin d'être d'accord : pour l'Aulularia, on n'en peut dres-

1. Il est vrai que pour ces deux dernières pièces nous n'avons pas *C*.

ser une liste, puisque B^1 ou B^2 entrent seuls en ligne de compte pour plus de 600 vers[1] (cf. *Mil.*, *uu.* 444, 496, 672, 774, 782, 936, 957, 966, 1078, 1313, 1373. — *Pseud.*, *uu.* 16, 18, 240, 335, 843, 892, 914, 953, 956, 989, 1196, 1300[2]).

Un exemple, qui nous montre bien comment se faisaient ces restitutions arbitraires, se trouve dans le Rudens sc. avant le *u.* 89. Le copiste, croyant n'avoir que deux interlocuteurs (Pleusidippus et Sceparnio), quand il y en avait trois (les mêmes et Daemones), s'est mis à l'œuvre. Arrivé au *u.* 100, il s'est aperçu des absurdités qu'il commettait et s'est arrêté. Il y a, dans les mss. 97 S., 97 P., 98 S., 98 P. au lieu de P, D, S, D : les noms d'ailleurs manquent dans presque toute la scène excepté dans *D*.

Les en-têtes de scène ont eu à subir, outre les traitements du même genre, dont la liste serait longue, des mutilations d'une autre nature.

Je vais prendre pour exemple l'Aulularia où ils sont relativement bien conservés ; mais il est des pièces où la fantaisie des copistes se donne une plus libre carrière[3].

1. Cf. cependant *u.* 316.

2. A noter le traitement qui indique la façon dont procédaient les copistes et le peu de sûreté de leurs moyens d'investigations. Au lieu du nom propre de l'interlocuteur, nous voyons la désignation de son rôle ; ce qui prête facilement à la confusion, quand il y a deux acteurs qui remplissent le même rôle : ainsi, *Aul.* sc. avant le *u.* 28, au lieu de ANTHRAX et de CONGRIO, nous avons COCUS, sc. avant le *u.* 667 au lieu de EUCLIO et de STROBILUS, SENEX et SERVVS. *Capt.*, sc. avant les *uu.* 110 et 781, au lieu de HEGIO et de ERGASILUS, il y a SENEX et PARASITUS. Dans le *Mil.*, au lieu de LURCIO, donné par *B* sous la forme LV, *C* donne P (= puer) aux *uu.* 833, 843, 859, 864, 865. Dans le *Pseudolus*, BALLIO est désigné par LENO au *u.* 209. Le pseudonyme est employé une fois au *u.* 682. PSEUDOLUS feint de s'appeler SURUS : aussi nous retrouvons l'abréviation S.

3. Chaque pièce a un mode différent de traiter les en-têtes de scène : cf. *Amph.*, *Pseud.*, *Capt.*, *Rud.*, *Persa*, *Mil.*

D'abord, plus de lettres grecques, ni de mention DV et C. L'indication du rôle et du nom de l'acteur nous est parvenue sous les formes suivantes :

1° Le rôle et le nom sont conservés, mais placés à côté l'un de l'autre, le rôle tantôt avant, tantôt après le nom, jamais au-dessous : sc. avant les *uu.* 40, 79, 120, 268, 280[1], 363, 406, 415, 449, 537, 608, 682, 701, 808[2].

2° Le nom seul est conservé : sc. avant les *uu.* 1, 628.

3° Le rôle est conservé : *uu.* 398, 587.

4° L'en-tête est incomplet : *uu.* 350, 371.

5° Il n'est pas à sa place : *uu.* 327, 460, 713.

6° Il n'y est pas du tout : *uu.* 67, 726.

Quant aux noms eux-mêmes, ils sont assez souvent « écorchés ». *Staphila* au lieu de *-yla*, en-têtes avant les *uu.* 40, 79, 268, 350, *Stribolus* pour *Strobilus*, en tête avant le *u.* 280, *Gongrio* pour *Con-*, *uu.* 280, 406, 415, *Arethax* pour *Anthrax*, *u.* 280, *Liconides* pour *Lyc-*, *uu.* 682, 808, *Phrusium* pour *Phrugia*, *Exflesium* pour *Eleusium* *u.* 280, puis deux noms douteux *Fitodicus* (*u.* 363) et *Fedria* (u. 682).

Donc onze en-têtes corrompus contre quatorze assez bien conservés et dix-huit fautes dans la graphie de ces en-têtes nous les rendent fortement suspects de n'être qu'une addition postérieure, surtout si on remarque que les noms qui ne paraissent qu'une fois sont sensiblement fautifs.

1. Il y a en outre dans *B.* une mention de SENEX, qui n'a rien à faire à cet endroit : sans doute parce qu'on parle beaucoup d'Euclio, le copiste a cru qu'il était en scène.

2. EUCLIO SENEX, dans *B E J* ne signifie rien : c'est une mention du même genre que celle indiquée dans la note précédente. Si Euclio avait à parler dans cette scène, il est fort probable que ce serait déjà fait. Rien n'indique dans ce qui nous reste qu'il soit à nouveau sorti de sa demeure : en outre, on ne tiendrait pas devant lui une conversation comme celle de Lyconides et de son esclave, sans qu'il protestât.

Voilà pour le détail : les fautes d'ensemble, oublis ou transpositions, sont plus rares (5 contre 20).

Les en-têtes sont donc moins fautifs que les noms des interlocuteurs dans le dialogue. Cela se comprend : un espace d'au moins un vers, sinon de deux, était laissé en blanc : ce qui prêtait moins à la confusion que l'espace d'un mot. De plus, les personnages marquent souvent leur entrée ou leur sortie réciproques par des interjections ou des apostrophes (*eccum*, *ecce*, *ualeo*, *abeo*[1]).

Rien que dans l'Aulularia, la difficulté était réelle pour celui qui restituait, à cause des fausses sorties d'Euclio (*uu.* 67, 327[2], 449, etc.).

Dans le Rudens, nous avons l'indication d'un en-tête de scène avant le *u.* 89, mais il y en avait sûrement un autre avant le *u.* 95.

Un renseignement précieux à recueillir existe dans le Stichus, pour lequel nous avons deux sources différentes : *A* et *B C D*.

Dans l'en-tête de scène avant le *u.* 1, conservé dans les Palatins, la restitution, à coup sûr, n'est pas authentique. *Pamphila*, ainsi nommée par *A*, s'appelle *Pinacium* dans *B D* : le copiste n'avait pas le texte sous les yeux pour faire sa restitution (nous reviendrons plus loin sur cette question) : il a pris un nom à terminaison féminine et l'a appliqué à la femme, restée anonyme dans son texte.

Quand il y a des personnages de second ordre qui n'ont pas de nom dans le dialogue, les manuscrits ne leur en donnent jamais dans les en-têtes et dans les désignations d'interlocuteurs : il n'y a que le rôle (Capt. scènes avant les *uu.* 110, 195, 659, 909 : Pseud. scène

1. *Aul. uu.* 37, 79, 119, 177, 269, 278, 349-350, 397, 405, 411, 414, 444, 460, 473, 536, 586, 627, 678, 700, 712, 806.

2. Cf. L. Havet, *Revue de Philologie*, 1888, p. 108.

avant le *u*. 133 : Mil. scène avant le *u*. 1378). Souvent même le rôle n'est pas mentionné (Pseud. *uu*. 767, 790 ; Amph. *u*. 633). Quand un personnage muet est sur la scène, il n'y a aucune mention dans les en-têtes (Capt. en-tête avant le *u*. 498, Rud. avant les *uu*. 89, 615, 780, 1045, Ps. avant le *u*. 133, Mil. avant les *uu*. 1, 1394).

Les noms des interlocuteurs pour la plupart peuvent remonter à Plaute lui-même[1] : mais leur restitution dans les en-têtes a été faite le plus souvent d'après les désignations dans le dialogue. Quand elles manquaient, l'entrepreneur de représentations donnait un nom en conformité avec le caractère de la personne. En effet, quand la tradition nous est arrivée par deux sources différentes, nous avons parfois, pour ces interlocuteurs, deux noms différents : par exemple, dans l'Eunuque (scène avant le *u*. 971), Demea ou Laches, dans le Stichus (scène avant le *u*. 1), Philumena ou Panegyris[2].

Une aventure du même genre est arrivée à une comédie de Molière (*Sganarelle* ou le *Cocu imaginaire*, 1660). Cette pièce eut 40 représentations : un spectateur, nommé Neuf-Villenaine, l'apprit par cœur à force de l'entendre, la publia avec privilège de cinq ans à son

1. Il faut laisser de côté la question de leur orthographe, cf. *Amph.* ed. L. Havet, Arg. II, 4. — Panegyris est cependant mentionnée dans le dialogue au *u*. 331.

2. Un cas curieux de ces restitutions arbitraires, mais dû à des modernes, c'est la *Ptolemocratia* du Rudens : ce nom convient fort peu à une prêtresse. Elle est nommée une fois dans le dialogue au *u*. 481 (pas une seule dans les en-têtes et la désignation d'interlocuteurs dans la scène où elle parait et d'une singulière façon. Voici le texte des manuscrits : *B* Eu siptolemo gratia cape hanc urnam tibi — *C* eus siptolemeo — *D* heus siptolemeo — *A*, qui pourrait nous renseigner, ne commence qu'au vers suivant. Je proposerais de lire.

Heus, ŏ ŏ, mis grătia cape hanc urnam tibi

Pour le génitif archaïque *mis*, *tis*, cf. *Amph.* ed. Havet, *u*. 284 et plus loin *Notes critiques*. C'est dans les syllabes *siptole* ou *iptole* qu'il faut chercher un nom de femme.

profit et défense à « tous autres de la faire imprimer. » Cet éditeur original n'exceptait pas l'auteur. Comme dans le dialogue la femme de Sganarelle, un parent de cette femme et une suivante n'ont pas de nom, l'éditeur ne leur en donna point : il mit dans la liste des personnages :

La femme de Sganarelle ;
Un parent de la femme de Sganarelle ;
La suivante de Célie.

Molière ne songea pas non plus à leur en donner un dans les éditions postérieures et on a scrupuleusement conservé son oubli[1].

Les conclusions à tirer seront les suivantes :

1° Les noms d'interlocuteurs, indiquant le commencement des répliques dans le dialogue, n'ont rien d'authentique, puisqu'ils n'existaient pas dans les manuscrits en capitales.

2° Les en-têtes de scène et les noms d'interlocuteurs ont été remis après coup, à l'époque de Charlemagne, d'après l'aspect général du manuscrit (espaces blancs et vides), à l'aide des noms donnés aux personnages dans les répliques elles-mêmes.

3° Quand on voit une désignation insolite, non mentionnée dans le texte même, c'est qu'elle provient probablement d'un endroit disparu dans nos manuscrits actuels[2].

1. Cf. ŒUVRES DE MOLIÈRE (*Collection des grands écrivains*), Paris, 1875, tome II, p. 154-155.

2. Deux noms, dans l'Aulularia, mentionnés nulle part ailleurs, se trouvent dans les en-têtes (sc. avant le *u.* 363 Fitodicus et avant le *u.* 682 Fedria). D'où peuvent-ils venir? On pourrait supposer que le second au moins était dans la partie perdue de la pièce : tel que nous l'avons, il est corrompu ; il a une terminaison masculine. Il faut lire soit la leçon *Phraedra*, soit *Phaedrium* (cf. la faute inverse pour Phrugia, attesté dans le dialogue au *u.* 332, écrit *Phrusium* dans l'en-tête avant le *u.* 280). — Un phénomène analogue se produit dans le

Cette discussion, peut-être un peu longue, était absolument nécessaire pour montrer le peu de confiance que nous devons avoir dans les noms d'interlocuteurs et les en-têtes de scène, conservés pour l'Aulularia.

Ce qui a souvent arrêté les critiques, c'est le double emploi du rôle de Strobilus, servant à désigner, d'une part, l'esclave de Megadorus et, d'autre part, l'esclave de Lyconides.

Il y a là une impossibilité, dont il est fort difficile de se tirer, à moins d'une correction ; mais ce n'est pas la seule qui existe dans Plaute. Le Stichus, nous l'avons vu, présentait, avant la découverte du palimpseste, une difficulté du même genre pour *Pamphila* et *Pinacium*. Dans le peu de renseignements fournis à ce sujet par les Palatins, une *mulier* et un *puer* s'appelaient *Pinacium*. Se basant sur la confusion, faite par les auteurs de la recension caroline, les premiers éditeurs de la Vulgate avaient essayé une distinction absolument artificielle. Ils avaient pris pour point de départ une faute de copiste qui se renouvelait plusieurs fois dans le dialogue : ils avaient appelé le *puer Dinacium* (conservé dans *C D* sous cette forme aux *uu.* 270, 281, 288, 330 et sous la forme *Pin*- aux mêmes endroits par *B* et par tous les manuscrits aux *uu.* 284, 334, 396) et la *mulier Pinacium*. La découverte de *A* a démoli cette hypothèse, puisque, dans l'en-tête avant le *u.* 1, cette *mulier* s'appelle *Pamphila*.

Pour l'Aulularia, la difficulté se complique ; dans le

Miles pour le *Puer* qui parait dans la scène commençant au *u.* 813 : dans l'en-tête, on lit Lycnio dans *B*, Lecuino dans *D*, dans le texte, il se trouve peut-être une fois au *u.* 843, sous une forme extraordinaire *uotio B C nocio D*. Lequel des deux est la bonne leçon ?

Stichus, le nom de Pamphila ne se trouvait pas dans le dialogue : impossible, par conséquent, au copiste de le restituer avec certitude dans les en-têtes de scène et aux espaces blancs, destinés aux noms des interlocuteurs. Dans l'Aulularia, nous trouvons sept fois le nom de *Strobilus* dans les répliques de personnages : quatre fois pour Strobilus, esclave de Megadorus (*uu.* 264, 334, 351, 354), et trois fois pour Strobilus, esclave de Lyconides (*uu.* 697, 804, 814). Mais ce qui est à noter, c'est qu'aux trois endroits concernant l'esclave de Lyconides, le nom est corrompu ou suspect dans les manuscrits, tandis que dans les quatre autres il est absolument intact. Ce n'est peut-être qu'une rencontre fortuite, mais ce pourrait bien être aussi la trace d'un remaniement ou d'une retouche.

Il y également un autre fait qui semble connexe à cette confusion de la part du copiste ou du remanieur. A l'en-tête de scène placé avant le *u.* 363, nous voyons un personnage, dont il ne sera plus fait mention dans le cours de la pièce, paraître et disparaître presque aussitôt, sans que ce qu'il dit puisse se rattacher facilement à ce qui précède ou à ce qui suit. Nous ne serions pas éloignés de croire que ce nom n'est pas à sa place dans les manuscrits et qu'il doit s'appliquer précisément à l'esclave de Lyconides, Strobilus ayant beaucoup de chances de n'être pas authentique, étant donné le doute qui subsiste sur ce nom aux endroits où on pourrait le soupçonner d'être le moins corrompu.

Le nom de Pythodicus aura d'abord été évincé dans les en-têtes et les désignations d'interlocuteurs : un lecteur se serait aperçu de la contradiction qui existait entre l'indication des répliques et le texte lui-même, et aurait fait la correction en surcharge qui aura été introduite dans le texte, comme en faisant partie.

La correction Pythodicus[1], au lieu de Strobilus, ne lèse en rien la métrique[2], si on admet que ce nom est tiré des mêmes radicaux que πυνθάνομαι et δίκη. Le nom serait en conformité avec le caractère de l'individu et exprimerait une idée d'enquête et de justice. L'esclave de Megadorus, s'appelant Strobilus (de στρέφω), marquerait son ardeur et son activité au travail.

Je donne à Strobilus, esclave de Megadorus, les *uu.* 363-370 : mais ils se lient mal à ce qui précède. Il faudrait supposer, si nous gardons le texte des manuscrits, qu'il y aurait quelques vers perdus, où on verrait Strobilus rentrer à la maison, donner des ordres, puis en sortir en disant *Curate*... Il est plus simple de corriger le *u.* 363 et au lieu de lire *Curate*, lire *Vos ite*, en le rattachant à la scène précédente. Strobilus vient de dire à Staphyla, après une petite discussion aigre-douce (*uu.* 358-361) *Duc istos intro*. Staphyla, s'adressant à Congrio et à son escorte, ajoute *Sequimini*. Strobilus confirme l'ordre donné *Vos ite*. L'escorte rentrerait dans la maison et Strobilus continuerait *Ego interuisam*. « Quant à moi, je vais regarder[3] ». Cette correction est moins hardie qu'on serait tenté de le croire[4]. Ce passage avait été pris à tort comme en-tête de scène. On avait écrit dans l'archétype la ligne[5] (ou seulement le premier mot)

1. La restitution est à faire aux *uu.* 697 et 804. Au *u.* 814, Strobilus est notoirement interpolé.

2. La quantité est Pȳthŏdĭcŭs, Pȳth par établissement, ŏ et ĭ par nature.

3. Strobilus ne fait aux *uu.* 368-370 que développer une idée qu'il a émise au *u.* 347.

4. Les premiers mots en tête de scène sont souvent corrompus à partir de cet endroit : cf. 371 Volui *B* Solui *J*]olui *D*, 398 Dromodes quam aspicis *B*]romodes... *D* Promodes... *J*, 406 Optati uiues *D* Optati uires *B* Optati ciues *J*, 701 Picis *B D* pici *Nonius*]ici *E* Vites *J*.

5. Cf. *Amph.* ed. L. Havet, p. 117.

en capitales (*B* en garde la trace aux *uu*. 363, 398, 415, 475, 537, 661, 701) en laissant la première lettre en blanc : le copiste aura mal interprété et lu *Curate* qui est donné par les manuscrits[1].

V

LA « SCÈNE » DANS L'AULULARIA

La scène se passe, non pas sur une place publique proprement dite, mais dans un carrefour, non loin des remparts, pour qu'Euclio puisse au *u*. 676 sortir de la ville et revenir dans l'intervalle de deux scènes (*uu*. 677-713).

Dans le cours de la pièce, nous trouvons mentionnés, comme édifices utiles à l'action et visibles sur la scène :

1° Une maison appartenant à Euclio :

u. 5 *hic habet*, etc.

2° Une maison appartenant à Megadorus :

u. 133 *foras*, *u*. 264 *Heus, Strobile*, etc.

3° Un temple de la Bonne Foi, *u*. 583, etc.

4° Un autel, *u*. 606.

Mais il est d'autres lieux privés ou publics qui ne sont pas visibles.

Dans la maison de Megadorus, il y a un jardin cultivable.

u. 244 *Hic apud me hortum confodere iussi*

1. Ce qui a amené *Pythodicus* à cet endroit et le mot corrompu *Curate* doit être une faute connexe : il pouvait y avoir dans l'archétype quelque surcharge ou quelque renvoi mal interprété.

Dans la maison d'Euclio, il n'y a pas de jardin, mais peut-être une basse-cour, puisqu'il étrangle le coq de Staphyla.

u. 465 meus intus gallus gallinacius.

Il est question du *focus* (*u.* 7), sous lequel un des aïeux avait autrefois enfoui le trésor.

Dans le temple de la Bonne Foi, il y a un bois sacré (*u.* 615, cf. *uu.* 655-660).

Il existe aussi une saussaie, bois sacré de Sylvain, à peu de distance, en dehors de la ville (*uu.* 674-675).

Siluani lucus extra murum est auius
Crebro salicto oppletus.

L'ager (*u.* 13) n'est sans doute pas contigu à la maison, mais se trouve dans la campagne.

Nous allons examiner d'abord la structure et la forme des édifices visibles, puis nous en considérerons la position respective sur la scène.

§ I. — Maison d'Euclio

La maison d'Euclio est celle d'un pauvre diable. Il est pauvre par naissance (*u.* 11, *inopem*, *u.* 14 *misere uiueret*). Tout son personnel domestique se compose d'une vieille esclave, Staphyla, l'ancienne nourrice de sa fille (*uu.* 38, 74, 188, 275, 691, 807, 815), Phaedra. Il n'a qu'un mobilier misérable.

u. 84 Ita inaniis sunt oppletae atque araneis.
u. 87 Araneas mihi ego illas seruari uolo.

Lui-même ne fait que parler de sa pauvreté (*uu.* 88, 111, 184, 190, 196, 227, etc.). Les autres en parlent (*uu.* 171, 174, etc.).

Sa maison doit donc être celle des pauvres gens, c'est-à-dire, la maison primitive des Romains. La porte donne immédiatement sur l'atrium[1], qui servait de salle commune et autour duquel étaient les cases, formant le logement de la famille. Contrairement aux habitudes romaines, qui voulaient que la porte restât constamment ouverte[2], Euclio fait toujours fermer la sienne avec soin (*uu.* 89, 103-104, 244, 274, 350, 414, 441) et s'emporte quand elle est ouverte (*u.* 388).

On peut supposer la maison d'Euclio, semblable à celle donnée par Mazois (IIe partie, pl. IX, f. II), avec un banc de pierre à droite (en sortant) de la porte (cf. scènes avant les *uu.* 268, 460, 727). Il est peu probable que, durant la scène qui commence au *u.* 260, le deutéragoniste restât debout : il doit s'asseoir et écouter.

§ II. — Maison de Megadorus

Par contre, la maison de Megadorus doit être celle d'un homme riche. Il y a un *hortus* (*u.* 244) : ce qui n'était pas donné à tout le monde : et une cave (*u.* 571), sans doute fort bien garnie, dont il garde les clefs (cf. 355-356).

cadum unum uini ueteris a me adferrier.

Il est *satis diues* (*u.* 166) : Euclio le sait (*uu.* 184, 196, 226).

Sa fortune est aussi grande que son âge (*u.* 214).

aetatem... esse grandem item ut pecuniam.

1. Daremberg et Saglio, *Dictionnaire* II, p. 352, art. *domus.*
2. Plauti Mostell. *u.* 444 *occlusa ianua est interdius.*
Stich. *u.* 308, *fores facite ut pateant.*
Liu. X 12 15 *uulgo apertis ianuis in propatulis epulati sunt.*

Néanmoins, c'est un homme simple qui a en horreur le luxe (*uu.* 167-169).

> *Istas magnas factiones, animos, dotes dapsiles,*
> *Clamores, imperia, eburna uehicla, pallas, purpuram,*
> *Nihil moror...*

et surtout *uu.* 475-535.

Quoique riche, nous ne lui voyons qu'un esclave ; cependant comme, au *u.* 244, il donne l'ordre de bêcher le jardin, cela laisse supposer qu'il en a d'autres : car Strobilus est un esclave de confiance, une sorte de majordome, convaincu de l'importance de son rôle, un peu bavard comme les esclaves. Il peut, en outre, se payer le luxe d'un régiment de cuisiniers et des joueuses de flûte (sc. qui commence au *u.* 280).

Aussi, sa maison doit-elle être beaucoup plus belle que celle d'Euclio. Elle peut être élevée de quelques marches, où Euclio se laissera tomber (cf. sc. avant les *uu.* 713-727). Il y a vraisemblablement un ostium avant d'arriver à l'atrium[1]. Pour l'ensemble, elle doit être comme celle donnée par Mazois (IIe partie, pl. 1), avec un luxe moins grand, il est vrai.

§ III. — Temple

Le temple de la Bonne Foi est, comme celui de Neptune à Pompéi[2], un monument où l'on vénère une ancienne divinité italique, restée simple, malgré la civilisation : toutefois, avec cette différence, le fanum, dans l'Aulularia, ne doit être élevé que d'une marche ou de trois[3]

1. Daremberg et Saglio, II, 352, art. *domus*.
2. Mazois, IV, pl. 4.
3. Cf. Vitr., III 4 4 « gradus in fronte constituendi ita sunt uti sint semper inpares. Namque cum dextro pede primus gradus ascendatur, item in summo templo primus erit ponendus. » Celui de Neptune en a 9.

tout au plus. D'abord, il est de plain-pied avec le lucus qui est derrière : en outre, le jeu des acteurs marque que Pythodicus, assis sur l'autel (*u.* 606), ne doit pas être vu par Euclio qui sort du temple (*uu.* 608 sqq.). Si le pavé du temple était plus élevé que l'autel, le protagoniste, qui est sous le péristyle, plongerait sur toute la scène et verrait, d'un seul coup d'œil, tout ce qui s'y trouve.

La façade visible comprend :

1° Un petit portique dont le toit est soutenu par deux colonnettes (il n'en est pas fait mention dans la pièce : je le restitue d'après ce que nous voyons d'ordinaire dans les temples romains).

2° Une statue de la Bonne Foi, à laquelle les acteurs font des invocations (*uu.* 586, 608, 611, 614, 621), élevée sur un socle assez haut pour qu'elle ne soit pas cachée par l'autel.

3° Une porte (*u.* 666).

§ IV. — Autel

L'ara, dont il est fait mention (*u.* 606), ne doit pas être confondu avec celui qui se trouvait dans la θυμέλη. A l'époque de Plaute, et, à plus forte raison, à l'époque postérieure, il n'y avait plus accès de plain-pied entre la scène et l'orchestre : d'ailleurs, la θυμέλη, que nous voyons dans les tragédies grecques, ne jouait aucun rôle dans les comédies latines.

L'autel[1], sur lequel s'asseoit Pythodicus, est semblable à ceux que nous savons avoir existé réellement. Cet autel n'était pas à l'intérieur du temple, mais soit sur

1. Cf. miniature du Virgile du Vatican.

les degrés mêmes[1], soit au bas des marches[2], soit au milieu de la voie[3].

On peut se représenter cet autel, comme celui donné par Daremberg et Saglio, p. 348, fig. 411, avec des marches pour y monter. Il doit être un peu plus élevé, pas trop cependant, étant donné le rôle qu'il joue par rapport au temple et à la statue : car il ne doit pas masquer la Bonne Foi ; assez toutefois, pour que quelqu'un, qui pense à tout autre chose que ce qu'il a devant les yeux, puisse passer sans être frappé par un spectacle insolite (cf. *uu.* 608 sqq.)[4].

§ V. — Situation respective de ces différents édifices sur la scène.

Les renseignements sont bien moins précis que pour l'Amphitruo et le Rudens, par exemple. Pour ces deux pièces, à deux endroits, nous avons l'expression *ad dexteram* (Rud. *u.* 253, Amph. *u.* 333) qui décident de la situation générale des décors et, par conséquent, des jeux de scène.

Pour l'Aulularia, seuls les jeux des démonstratifs, la vraisemblance dramatique, les entrées et les sorties des personnages (*a foro* ou *a peregre*) nous permettent d'en fixer la place.

Voici le plan général de la position des décors :

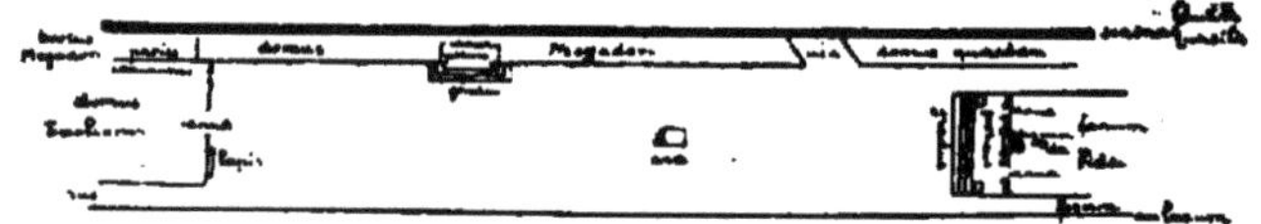

1. Cf. Daremberg et Saglio I, p. 348, art. *ara*.
2. Mazois, IV, pl. 4, 5 et 6, et p. 22-23 : temple de Neptune à Pompéi.
3. Celui qui se trouvait sur la voie sacrée.
4. Cet autel au milieu de la scène n'est pas le seul dans Plaute, cf. Mostell. *uu.* 1077, 1094.

La maison d'Euclio et de Megadorus doivent être du même côté et mitoyenne.

u. 31 *hic senex de proximo.*
u. 171 *hunc... ex proximo.*

uu. 242-4. On entend des coups de bêche dans le jardin de Megadorus ; Euclio croit que les coups sont donnés chez lui : il faut que le jardin de Megadorus touche au mur de sa maison pour que la confusion soit possible dans son esprit :

u. 403 *hinc ex proximo*

La maison d'Euclio est opposée au côté forum.

u. 181 *nam egomet sum hic, animus domiest.*

uu. 329-330 indiquent que les maisons de Megadorus et d'Euclio sont éloignées de l'endroit où se sont arrêtés les esclaves (*a foro*).

u. 473, Euclio, près de sa porte (*huc u.* 463), voit Megadorus arriver *a foro.*

Je mettrai au premier plan celle d'Euclio, comme jouant le rôle le plus important dans la pièce.

L'*ara* est au milieu.

Une des deux maisons doit être plus près de l'ara que l'autre.

Je serais porté à croire celle de Megadorus la plus rapprochée, étant donné la disposition générale des lieux.

Au *u.* 607, *huc* indiquerait la maison de Megadorus et *illuc* celle d'Euclio.

Le *fanum*, bien que cela ne soit pas spécifié, doit être du côté opposé aux maisons : il semble qu'à un endroit il soit opposé au côté *rus* (cf. *uu.* 667 sqq.).

Comme ces deux maisons et le temple ne suffiraient pas à remplir la scène, on peut supposer qu'au dernier plan (côté *forum*) il y ait un autre édifice destiné à cacher le proscenium aux spectateurs.

Si nous n'avions que ces seuls renseignements et ces inductions pour reconstituer l'ensemble du décor, au milieu duquel se joue l'Aulularia, la reconstitution serait des plus factices, mais comme on pourra le voir plus loin par l'étude des jeux de scène et la situation respective des personnages, on peut arriver, croyons-nous, à la confirmation de ce qui est avancé ici.

VI

LES JEUX DE SCÈNE DANS L'AULULARIA

> Actores comici neque ita prorsus ut nos uulgo loquuntur pronuntiant quod esset sine arte neque procul tamen a natura recedunt quo uitio periret imitatio sed morem communis sermonis decore quodam scaenico exornant.
>
> (*Quintil.* II 10, 13.)

Prologue[1]. — Le *Lar familiaris*, quand le rideau est baissé et la trappe du rideau rabattue, sort de la maison d'Euclio (*u.* 3 *unde exeuntem*), traverse le quart de la scène, s'avance sur le proscenium, se tourne un peu de biais, afin de pouvoir indiquer du geste les demeures dont il va parler et regarder en même temps les specta-

1. Valeur purement démonstrative des pronoms sans indication scénique (je rejeterai dans les notes les renvois du même genre pour toutes les scènes qui vont suivre). — *uu.* 5 huius, 6 huius, 9 is, 10 id, 11 eum, 12 eum, 13 ei, 15 is et id, 17 eius, 21 is et hunc, 22 huius, 25 eius, 28 eam, 29 is, 31 eam, 35 is marquent les personnes dont « je parle » . — 18 ille, 27 illam, 30 illa et illum, 33 ille, 36 illam marquent les personnes dont « je parle », mais qui sont éloignées dans le temps ou dans l'espace.

teurs. Il montre la maison d'Euclio aux *uu.* 2 *hac familia*, 3 *hanc domum*, 5 *hic habet*, 7 (en admettant le *hic* conjectural de M. Havet), 21 *hic nunc habitat*, 23 *huic filia una*, 26 *ut hic reperiret*. Il montre la maison de Megadorus, qui se trouve mitoyenne avec celle d'Euclio, *uu.* 31 *hic senex*, 34 *hic* (= celui là c'est). Pendant que le Lar termine le *u.* 36, on entend du tumulte à l'intérieur de la maison de l'avare. Le dieu dit le *u.* 37, en montrant la maison d'Euclio (*hic*), et le *u.* 38, remonte vers la porte d'Euclio, écoute le bruit et fait part de ce qu'il pense au spectateur (*u.* 39), puis il se recule pour laisser passer l'avare et la servante, sans qu'ils puissent l'apercevoir.

Scène qui commence au *u.* 40[1]. — Tout le *u.* 40 est dit à l'intérieur de la maison (*u.* 40 *hinc*) par Euclio, qui frappe la servante à coups de poings (*u.* 42 *uerberas*) et non à coups de bâton (*u.* 48 *si... fustem cepero aut stimulum*). Au moment où il dit *foras*, la porte s'ouvre brusquement, Staphyla se sauve poursuivie par l'avare : elle s'arrête, après avoir traversé environ le quart de la scène, et se retourne (*u.* 42 *Nam cur me uerberas...*) Pendant qu'elle a pris la fuite, suivie d'Euclio, le lar est rentré rapidement. Euclio la fait reculer, à deux reprises, jusqu'au milieu du théâtre (*uu.* 46 *illuc... illuc*). Il la suit pas à pas (*u.* 49 *istum*) et dit le *u.* 53 en la regardant fixement (*istos*).

Le *u.* 55 est faux. Il faut ajouter *hinc* après *abscede*[2], car Euclio doit, à ce moment, indiquer d'une manière exacte la place où ils se trouvent tous deux. Il la pour-

1. *uu.* 60 hac, 61 hanc, avec valeur purement pronominale.
2. Nous aurons alors :

Abscede hinc, etiam nunc, etiam nunc, etiam... ohe

chasse jusqu'à l'autre extrémité de la scène et, au moment où elle va disparaître dans la coulisse, il lui crie *ohe*.

Il s'avance près d'elle pour dire le *u*. 56 (*istic et istoc loco*). Il rentre dans la maison : des *uu*. 67 à 78, Staphyla reste à la même place (*u*. 71 *illum*).

Scène qui commence au *u*. 79[1]. — Euclio sort de chez lui (*u*. 79 *egredior*) et reste près de sa porte. Il appelle Staphyla (*u*. 81 *Redi*) qui s'avance près de la maison (*u*. 83 *hic apud nos*). Euclio se fâche et la fait reculer jusqu'au quart de la scène (*u*. 87 *illas* indique que ce qui est dans la maison est assez éloigné). Au *u*. 88, Euclio dit *abi intro*, mais Staphyla ne bouge pas ; sans doute, il la retient par le bras. Elle ne passe devant lui qu'au *u*. 103, en disant *abeo*. Elle rentre et on l'entend verrouiller la porte, pendant un arrêt que doit faire Euclio entre les *uu*. 104 et 105, pour écouter si son ordre est bien exécuté.

Scène qui commence au *u*. 120[2]. — Megadorus sort de chez lui avec sa sœur (u. 133 *foras te huc seduxi*) et, pendant qu'Eunomia cause, ils descendent sur le proscenium, à peu près au milieu de la scène (*u*. 133 *huc seduxi*). Ils s'arrêtent à ce moment (*u*. 134 *hic loquerer*).

Megadorus doit être sans doute à la droite d'Eunomia et Eunomia, un peu plus en avant que lui, afin qu'au *u*. 171 (*hunc*) il puisse lui montrer sans effort la maison d'Euclio et que sa sœur puisse la voir du premier coup. Au *u*. 176 (*et tu*), Eunomia sort par le fond, pour ne pas se croiser avec Euclio.

1. *uu*. 89 et 104 *hic* (ici où je suis).

2. *uu*. 136 ea (pluriel), 153, 154 hoc, 155, 157 his, 163 eam, 170 ea, 172 eius, 173 hanc et haec. — 142 istac, 165 istum, 167 istas.

Scène qui commence au *u.* **178**[1]. — Euclio arrive *a foro* (cf. *uu.* 107 *sqq.*). Il reste du côté où il est entré *u.* 181.

Nam egomet sum hic, animus domiest.

C'est Megadorus qui va au-devant de lui (*u.* 182 *Saluus sies*). Ils sont cependant à une certaine distance l'un de l'autre (*u.* 185 *illic*), bien qu'ils se soient salués mutuellement (*uu.* 182-183[2]). Euclio se rapproche de Megadorus (*u.* 188 *huic*), si bien que ce dernier l'entend marmoter les *uu.* 188-189 (en a parte) : ce qui amène 190. Ils restent à côté l'un de l'autre (*u.* 201 *hic*). En disant *Verum interuisam domum*, Euclio, pour aller chez lui, passe devant Megadorus qui s'en étonne. *Quo abis?* Euclio lui répond *Iam huc ad te reuortar*, en se tournant de son côté.

Au *u.* 206, Euclio est encore chez lui (*illo*) : il sort en disant *Di me seruant*. Megadorus doit être sensiblement à la même place où l'a laissé Eunomia, à cause de *redeo ad te*, qui marque une certaine distance entre les deux interlocuteurs. Ils se rapprochent presque aussitôt, car au *u.* 216, ils sont à côté l'un de l'autre (*huic*), Euclio à la droite de Megadorus.

Au moment du *Fiat* (*u.* 241), on entend des coups de pioche ou de bêche dans le jardin de Megadorus : Euclio sursaute.

sed pro Juppiter,
Num ego disperii.

Megadorus lui demande *quid tibi est?* — Un arrêt. — Coups de bêche. — Megadorus ne se rappelle plus

1. *uu.* 181 hic, 219 hoc, 226 hoc, 237 hanc, 238 eam. — 198 istos 263 istuc. — 219 illaec, 255 illis, 256 illa.

2. Illic ici marque à la fois l'éloignement et l'a parte.

l'ordre qu'il a donné et va voir chez lui ce qu'il en est. Le bruit continue. Euclio n'y tient plus et se précipite, en disant le *u.* 243 : il doit être sur le point d'entrer à *intro huc*. Megadorus, qui lui tourne le dos, dit, tout en regardant chez lui, se rappelant ce qu'il a prescrit.

Hic apud me hortum confodere iussi.

Il se retourne et s'aperçoit de la disparition d'Euclio (*u.* 244 *ubi hic est...*). Il s'avance vers la porte de son voisin : mais celui-ci l'a refermée en entrant, par crainte de regards indiscrets.

Abiit neque me certiorem fecit.

Néanmoins, Megadorus ne s'écarte pas beaucoup de la porte de l'avare.

Euclio parle à la cantonade, en disant les *uu.* 250-251. Megadorus entend peut-être la fin du *u.* 251 : ce qui rend sa réplique plus piquante.

En disant *Vale*, Megadorus (*u.* 263) remonte jusqu'à sa maison et crie dans l'ostium (*u.* 264) :

Heus, Strobile.

Puis descend quelques pas sur la scène, se retourne : Quand son esclave paraît, il ajoute :

Sequere propere[1].

Tous deux sortent *a foro*.

Quand ils ont disparu (*u.* 265 *Illic hinc*, 266 *illum*), Euclio dit les *uu.* 265-267.

Scène qui commence au *u.* 268. — Euclio ouvre sa porte et appelle Staphyla (*u.* 268 *Vbi tu es*, *u.* 269 *Heus*) qui paraît sur le seuil de la maison.

Il montre la maison de Megadorus au *u.* 271 (*huic*)

1. Il faut ainsi ponctuer le *u.* 264 *Heus Strobile. — Sequere...*

et reste près de sa porte, jusqu'à ce qu'il ait fini de donner ses ordres, puis sort *a foro* (cf. *u.* 273 sqq.). Staphyla sort de la maison, se laisse choir sur le banc qui est devant la maison d'Euclio.

u. 274 *Quid ego nunc agam.*

Au *u.* 278, elle se lève *ibo intro*. Après le *u.* 279, elle rentre.

Scène qui commence au *u.* **280**[1]. — Cette scène comprend deux parties : la première se passe à l'entrée de la coulisse *côté forum* et la deuxième devant les maisons d'Euclio et de Megadorus, autrement dit aux deux extrémités opposées du théâtre (cf. *uu.* 329 et 330 *illuc* qui marquent un éloignement aussi grand que possible). Les personnages arrivent *a foro* (cf. *u.* 264). L'entrée doit se faire avec cérémonie. Strobilus entre le premier avec majesté : cinq ou six pas derrière lui, avancent avec non moins de solennité, marchant les uns derrière les autres, au pas et portant les provisions (*uu.* 291 *obsoni*, 327 *agnum*) les cuisiniers et leurs escortes : Anthrax et ses coci à droite, Congrio et les siens à sa gauche. Ce qui indique cette position respective, c'est la situation des maisons d'Euclio et de Megadorus : si les acteurs continuaient leur marche, Anthrax irait au fond, c'est-à-dire, à droite de Strobilus, et Congrio au *côté rus*, c'est-à-dire, à gauche. Les joueuses de flûte, qui ne se rattachent à aucune bande, ferment la marche. Les deux troupes doivent être nettement séparées pendant leur entrée et durant toute la scène, pour bien marquer qu'elles obéissent à des chefs différents (cf. 329 et 330, les ordres donnés par Strobilus) : de plus, *ille*, au *u.* 324, marque clairement qu'Anthrax

1. *uu.* 287 et 288 istuc.

est séparé de Congrio par quelqu'un ou quelque chose : ce quelqu'un n'est autre que Strobilus qui s'est rapproché des coci et est resté entre les deux.

Strobilus s'arrête à la hauteur de l'ara : il doit être à peu près également distant de la maison d'Euclio (*hinc* et *huius* au *u.* 290) et de son escorte (*u.* 291 *hinc*). Il ne s'arrête que quand l'escorte est entrée tout entière sur la scène et est visible pour tous les spectateurs. Il fait du bras un geste majestueux pour commander « halte! » La suite s'arrête et dépose les provisions. La distance entre lui et les autres acteurs doit être la même que pendant la marche. Ce qui indique toute cette pompe, ce sont les verbes, employés par Plaute (*uu.* 280-281 *edixit, dispertirem*), qui sont tirés de la langue militaire.

Voici à peu près la position respective des interlocuteurs.

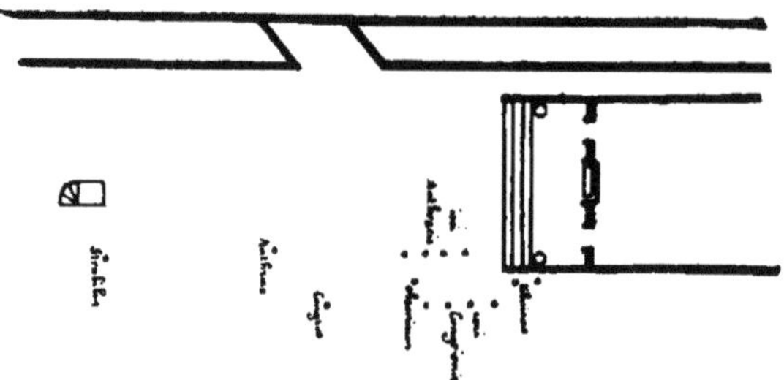

Strobilus, regardant plutôt les spectateurs que les acteurs, commence avec emphase son discours : il montre ce qu'il a amené (*uu.* 281 *hasce*, 282 *hic*). Son éloquence est coupée presque aussitôt par le calembour d'Anthrax. Au *u.* 290, il indique du geste la maison d'Euclio (*huius*, *hinc*)[1] et, au *u.* 291, les provisions (*hinc*).

1. La correction *hinc* est ici absolument nécessaire pour le sens et la métrique.

Strobilus et Anthrax [1], à partir du *u.* 294, se déplacent peu à peu en parlant, si bien qu'au *u.* 298, les positions sont changées, Anthrax restant toutefois à droite et Congrio à gauche : ils sont alors ainsi placés (cf. *uu.* 294 et 297 *hic*, 298 *ain tandem* [2].

La digression sur le caractère d'Euclio se termine au *u.* 320. Au *u.* 321, ils reprennent l'objet proprement dit de la conversation.

Sed uter uestrorum est.

L'examen des *uu.* 321-334 demande la plus grande attention : les jeux de scène sont très compliqués et la leçon des mss. est fautive à deux endroits (une lacune au *u.* 328 et un vers faux *u.* 329), sans compter les divergences de détail.

Comme ils vont se disputer (*uu.* 324-326), Strobilus impose silence à Anthrax (*u.* 327 *tu*) et ajoute *Atque agnum hinc...* Il s'interrompt brusquement, se retourne vers l'escorte et demande *Vter est pinguior*? La reprise nous manque. Strobilus dit alors à Congrio, qui est toujours à peu près à la même place (*u.* 328), en lui montrant l'agneau le plus gras.

Tu eum sume atque abi intro illuc.

Il lui montre la maison d'Euclio, puis s'adressant aux coci qui l'accompagnent.

Et uos hunc sequimini [3].

1. Il faut se garder de faire aucune correction au *u.* 293 : il n'y a aucun déplacement des acteurs ; seulement un geste du Cocus qui parle, montre la maison d'Euclio (*hic*) et celle de Megadorus (*domi*).

2. Je garde le vers tel qu'il est donné par M. Havet. *Coc.* Ain tandem? *Str.* Ita esse. *Coc.* Vt dicis? *Str.* Tute existima.

3. Ce n'est pas *illuc* qui est corrompu, mais *illum* : *J* et *Z* conservent

Congrio, après avoir ramassé l'agneau, défile pompeusement avec sa bande devant Strobilus, qui les suit quelques pas en se rengorgeant. Anthrax, pendant ce temps, a ramassé son agneau et hésite avant de partir. Strobilus se tourne vers lui et les siens en lui montrant la maison de Megadorus *Vos ceteri illuc ad nos.* Lui-même se met en marche, suivi à distance respectueuse par les cuisiniers : au *u.* 334, *huc* marque qu'il a marché et est assez près de la maison d'Euclio. Anthrax le suit en maugréant.

Hercle iniuria
Dispertiuisti : pinguiorem agnum isti habent.

Strobilus s'arrête, se souvenant qu'il a oublié les joueuses de flûte. Sans doute que la grosseur de l'agneau lui rappelle la grosseur des femmes : puissance de l'analogie! Il trouve là l'occasion de satisfaire Anthrax.

At nunc tibi dabitur pinguior tibicina.

Les autres ont continué de marcher, machinalement, puisqu'on ne leur a rien dit : les femmes les suivent. Il doit, en parlant, tourner le dos à Congrio (*illo* au *u.* 332) et ne pas s'apercevoir que celui-là s'est arrêté à la porte d'Euclio, avec l'intention de lui faire des observations. Il arrête Phrugia au passage et lui dit :

I sane cum illo, Phrugia.

Il ajoute aussitôt :

Tu autem, Eleusium,
Huc intro abi ad nos.

Quand le dernier de la bande et Eleusium sont passés

une trace de la bonne leçon, en donnant *eum* : il faut lire *hunc*. Congrio ne doit pas se séparer de ses cuisiniers : en lisant *illum*, il faudrait supposer qu'il a déjà traversé toute la scène et est éloigné de Strobilus : ce qui est peu probable.

devant lui, il va pour les suivre, mais Congrio s'est approché et l'arrête.

Scène qui commence au *u*. 334[1]. — Ils ne sont pas loin de la maison d'Euclio (*u*. 335 *hucine*). Congrio est à droite de Strobilus, qui montre la maison d'Euclio au *u*. 340 (*istic* = celle dont tu parles), puis celle de Megadorus au *u*. 342 (*hic*). Strobilus doit donc être placé de façon à pouvoir indiquer sans effort les deux maisons, l'une après l'autre. Il lui montre encore la maison d'Euclio (*u*. 348 *istic*). L'escorte a dû se ranger à droite (en entrant) de la porte d'Euclio, pour ne pas gêner les mouvements des interlocuteurs et pour ne pas cacher les acteurs pendant la scène suivante.

Pour mettre fin à la discussion et pour se débarrasser de Congrio, il se résout à lui faire une entrée dans la maison d'Euclio *sequere hac me*. Congrio lui emboîte le pas et se place entre lui et ses coci.

Scène qui commence au *u*. 350. — Strobilus frappe à la porte d'Euclio en appelant Staphyla, qui n'ouvre pas de suite, obéissant à la consigne donnée par l'avare, et demande (*u*. 350) *Qui uocat?* Strobilus se nomme : Staphyla entr'ouvre la porte, sort la tête, aperçoit les cuisiniers, puis, regardant Strobilus, lui dit *Quid uis?*

La porte doit s'ouvrir à droite (en sortant), afin que Staphyla soit obligée de faire un effort pour voir la troupe (cf. sc. avant les *uu*. 40 et 268 où les jeux de scène sont plus vraisemblables, soit pour l'entrée du Lar dans la maison, soit pour la sortie de Staphyla. Pendant que Strobilus dit les *uu*. 351-355, en lui montrant ce qu'il lui amène (*u*. 351 *hos*, 353 *haec*), Staphyla a ouvert la

1. *uu*. 348 horum, 349 hac.

porte toute grande. Après la phrase solennelle *Megadorus mittere...*, elle regarde ce qu'ont apporté les coci, sans toutefois quitter l'embrasure de la porte (*u.* 357 *hic apud nos*) et ne voit pas de vin[1] : ce qui amène les *uu.* 354-356. A ce moment, Congrio trouve l'occasion de placer une parole, d'où les *uu.* 357-361. Au *u.* 362, pour le faire taire et s'en débarrasser, Strobilus dit à la servante *Duc istos intro.* Staphyla ajoute *sequimini* et Strobilus donne lui-même aux coci l'ordre de marcher *Vos ite*[2].

Les coci, Congrio en tête, défilent avec cérémonie (ce qu'indiquent les ordres successifs des *uu.* 362-363) devant Strobilus et entrent chez Euclio, guidés par Staphyla : la porte reste ouverte (cf. *u.* 388 *apertas aedes*).

Strobilus fait un pas ou deux sur le proscenium et dit les *uu.* 363-370 *Ego interuisam...*, restant à peu près à la même place (*u.* 369 *hic*). Il rentre chez Megadorus à la fin du *u.* 370.

Scène qui commence au *u.* 371[3]. — Euclio arrive du marché (côté forum, cf. *u.* 273), par où sont passés Strobilus et les autres, avec un peu d'encens et des couronnes de fleurs (*u.* 385 *tusculum* et *coronas*). Il reste loin de sa maison à l'autre bout de la scène; tout en monologuant, il gesticule comme un furieux, regardant avec colère du côté où il est arrivé (*u.* 377 *illuc iratus*, *u.* 378 *illis impuris*), pestant contre les marchands. Du *u.* 379 au *u.* 387, il se calme. Au moment où il parle de l'offrande à faire aux dieux, il voit sa porte ouverte (*u.* 388 *apertas aedes*) et entend du bruit (*u.* 389 *strepitus*

1. Comme un certain nombre de vieilles esclaves ou lenae dans Plaute, Staphyla ne doit pas être sans aimer le vin.
2. Voir plus haut *Strobilus et Pythodicus.*
3. *uu.* 382 hanc, 385 hoc, 386 haec, 391 haec.

intus). Il traverse la scène en courant et en criant *Numnam ego compilor miser*. Il en a parcouru les trois-quarts, lorsqu'il entend les paroles de Congrio. La mention de la marmite le cloue sur place : il n'ose bouger : il a peur et invoque Apollon. Au *u*. 397, il retrouve sa vigueur et se précipite chez lui.

Scène qui commence au *u*. 398. — Anthrax, au même instant, parle à la cantonade et tourne le dos au public (*uu*. 398-399). Au *u*. 400, il fait une fausse sortie (*hinc*) et remonte aussitôt pour crier chez Megadorus (*uu*. 401-402) *Tu istum*. Il redescend quelques pas (*uu*. 403 *hoc*, *hinc*) et entend Euclio, qui fait un tumulte effroyable et roue de coups ses cuisiniers (*u*. 412, *onustos fustibus*), car la porte est restée ouverte. Au *u*. 405, il remonte précipitamment et, en enjambant les marches de la maison de Megadorus, dit *Ne quid turbarum hic itidem fuat*. Il rentre et ferme la porte.

Scène qui commence au *u*. 406[1]. — Congrio sort brusquement en hurlant (*u*. 407). La porte se ferme derrière lui, puisqu'elle se rouvre au *u*. 411 *aperitur Bacchanal*. Il traverse environ le quart de la scène : jusqu'au *u*. 410, il remplit l'air de ses lamentations. Ses cris et ses contorsions redoublent, quand il voit la porte se rouvrir (*u*. 411) et ses marmitons (*u*. 409 *discipuli*) se précipiter dehors, les uns après les autres, pourchassés par l'avare et rossés par lui à qui mieux

1. Pour cette scène, je garde l'ordre des manuscrits et non celui de Götz. L'hypothèse de M. Havet, supposant que les *uu*. 408, 409, 411 sont d'une rédaction postérieure, est très plausible : j'y ferai toutefois une objection : c'est qu'aux *uu*. 979-981 de Casina, nous voyons une allusion encore plus transparente sur tout ce qui se passait durant les bacchanales. Le passage est-il pour cela interpolé ? Ici seulement, je considère le texte des manuscrits tel qu'il nous est parvenu, puisque ce texte a dû être représenté.

mieux (*uu.* 409 *fustibus contuderunt*, 414 *onustos fustibus*). Mais en se tâtant et en se tortillant, il a senti son couteau de cuisinier qu'il portait au côté (*u.* 417). C'est une arme toute trouvée (*u.* 412) *hoc ipsus magister me fuit*. Il le tire et se tient menaçant, reconnaissant toutefois la vigueur du poignet d'Euclio (*u.* 413). Au *u.* 414, tous les *discipuli* sont dehors. Quand ils voient Euclio paraître le bâton à la main (*uu.* 409-414), ils se sauvent à l'autre bout du théâtre.

Scène qui commence au *u.* 415[1]. — Au *u.* 415, Euclio croit que Congrio en a fait autant et crie *Redi, quo fugis nunc? tene, tene*. Le Cocus, malgré la débandade générale, est resté à la même place. Euclio, voyant Congrio armé lui crier *Quid, stolide, clamas?* s'arrête, un moment interdit, mais retrouve presque aussitôt sa présence d'esprit.

Quia ad tris uiros iam ego deferam nomen tuum.

Congrio, s'apercevant qu'en menaçant un citoyen de son couteau, il a fait une bévue, rengaine son arme, gardant néanmoins un air suffisant, pour ne pas sembler avoir tort *Cocum decet*. Euclio n'est pas entièrement rassuré *Quid comminatus mihi?*

Il doit rester devant sa porte : Congrio est à sa gauche.

Celui-ci se tâte la tête (*u.* 425 *hoc caput*).

Toute cette scène doit se passer tout près de la maison d'Euclio (*uu.* 431, 435 *hic*, 442 *huc*).

Quand Euclio a fini *scis iam meam sententiam*, Congrio donne son assentiment. Euclio lui tourne subitement les talons, rentre et ferme soigneusement la porte. Stupéfait, le cuisinier court après lui (*u.* 446 *aedis*), en criant *Quo abis?* mais la porte est fermée. Après le

1. *uu.* 418 istuc, 421 id.

u. 446, Congrio frappe à coups redoublés et à plusieurs reprises contre la porte. Naturellement, pas de réponse : ce qui amène les *uu.* 447-448. Il s'avance un peu du côté des marmitons. Au *u.* 449, Euclio ouvre et sort, tenant sous le bras sa marmite (*u.* 449 *hoc*) qu'il ne va pas quitter jusqu'au *u.* 586. Au *u.* 450, il regarde[1] la maison (*isti* = là où tu étais) et, aussitôt après, sa marmite (*id* = ce que je tiens). Il remonte la scène de quelques pas en arrière et, s'adressant aux coci, qui s'étaient rapprochés, quand ils l'avaient vu partir (*u.* 444).

Ite sane nunc intro omnes et coqui et tibicinae[2]

Comme ils ne bougent pas, il répète son ordre *Intro abite*[3]... ; pendant que les cuisiniers entrent les uns après les autres, il achève sa réplique en leur montrant la maison.

opera huc conducta est uestra, non oratio.

Euclio et Congrio (toujours à sa gauche un peu plus en avant) continuent à se disputer. Au *u.* 459 *abi in malum*, Congrio passe devant Euclio. Arrivé sur le seuil de la porte, il se retourne et dit au vieillard *Abi tu modo*. Il rentre.

Scène qui commence au *u.* 460[4]. — Euclio ne commence à parler que quand Congrio est tout à fait entré et a fermé la porte. Il descend quelques pas, mais reste toujours près de sa porte (*u.* 463 *huc*). Au

1. J'admets ici la conjecture de Seyffert *isti id* qui me paraît ce qu'il y a de plus vraisemblable.

2. Il ne faut pas déduire de ce vers qu'il y a plusieurs tibicinae : Euclio a la mémoire troublée ; il ne se rappelle plus s'il a vu une ou plusieurs joueuses de flûte. Toujours est-il qu'il sait en avoir rossé ? Au *u.* 332, *pinguior* indique qu'il n'y en a que deux : d'ailleurs, au *u.* 557, la mémoire lui est revenue et il ne parle que d'une joueuse.

3. *Abite* est nécessaire, à cause de *nostra* qui suit.

4. *uu.* 464 is, 470 illi, 471 id.

u. 464 (*hoc*), il regarde sa marmite. Au *u*. 473, il voit Megadorus qui arrive a foro (*u*. 473 *eccum*, 474 *hunc*) et qui est déjà sur la scène. Il a la tentation de s'en aller ; mais, se rappelant le lien de parenté qui va l'unir à son voisin, il préfère rester.

Si, comme nous l'avons supposé, il y a un banc le long de la maison, il peut s'asseoir sans bruit et écouter Megadorus débiter ses tirades philosophiques. Ce n'est pas lui qui doit marcher durant la scène suivante : c'est au contraire Megadorus qui se promène de long en large.

Scène qui commence au *u*. 475[1]. — Tout en disant les *uu*. 475-495, Megadorus avance lentement si bien qu'au *u*. 496 (*hunc*), il est près d'Euclio (le quart de la scène environ le sépare de lui) : il doit rester sensiblement à la même place des *uu*. 498 à 502 (*uu*. 503 *hic*, 504 *hunc*). Pendant qu'il dit les *uu*. 505-522, il s'éloigne d'Euclio et retourne à l'endroit d'où il était venu (*u*. 523 *illum*). Au *u*. 536, il s'est rapproché de nouveau (*eccum*) et à peu près à l'endroit où il se trouvait au *u*. 496. Il voit Euclio assis et lui demande *quid agis?* Euclio doit ne se lever qu'au *u*. 541.

Scène qui commence au *u*. 537[2]. — Ils se parlent à une petite distance l'un de l'autre : au *u*. 547, *illud* marque l'a parte (absence morale) et l'éloignement (absence physique). Il faut garder au *u*. 548 le *hoc* des manuscrits (= ce que je tiens) : autrement, on supposerait que d'un vers à l'autre, ils se sont rapprochés : ce qui est peu plausible, étant donné ce qu'Euclio tient à

1. *uu*. 489, 507 hoc, 517 hosce, 532 haec — 483 illae, 485 illuc — 489 illae, 546 istuc.

2. *uu*. 557, 566 is, 575 eam, 576 hoc, 577 id, 582 hoc — 568 illum.

cacher, ce qu'il dit et ce que lui dit Megadorus au *u.* 549.

Quid tu te solus e senatu seuocas?

Après le *u.* 579, Megadorus remonte chez lui : Euclio reste seul. Il regarde sa marmite (*u.* 581 *istuc*, 585 *hoc*). Au *u.* 586, il monte les trois marches[1].

Scène qui commence au *u.* 587[2]. — Pythodicus[3] arrive par le fond[4], passe entre l'autel et le temple. Aux *uu.* 603 et 607, il se trouve à peu près à égale distance des maisons d'Euclio et de Megadorus (*huius* et *hinc*) et de l'autel (*u.* 606 *hic*).

En disant le *u.* 606, il se dispose à aller s'y asseoir *in ara hic adsidam.* Il en gravit les degrés : après s'être assis, il commence le *u.* 607 *hinc ego*, et montre les maisons de Megadorus (*huc*) et d'Euclio (*illuc*).

Scène qui commence au *u.* 608. — Euclio parle à la cantonade (*u.* 608 *istic*). La porte du fanum doit être à la droite de la statue et s'ouvrir à droite en sortant (cf. scène qui commence au *u.* 667, note). Les mouvements sont ainsi plus naturels, par rapport au spectateur; l'acteur n'est pas obligé de se détourner *ut uisa ne uisa sint.* Euclio sort, en fermant avec soin la porte et en tournant entièrement le dos à Pythodicus. Au

1. Au *u.* 582, je préfère la conjecture *te hinc* au lieu du *ted* de Götz : car Euclio doit s'écarter de la maison et marcher vers le temple de la Bonne Foi : *hinc* indique qu'Euclio est près de sa maison et qu'il traverse la scène en parlant.

2. *uu.* 587, 593 hoc, 605 is, huc, 619 hic, huius, 621 hic, 623 id.

3. A partir de cette scène, pour qu'il n'y ait pas de confusion possible entre l'esclave de Megadorus et celui de Lyconides, je donnerai à ce dernier le nom de Pythodicus, qui serait le sien, comme j'ai essayé de le démontrer plus haut.

4. Par où est sortie Eunomia (*u.* 176). Pythodicus, bien que cela ne soit pas dit expressément, semble arriver de la maison de Lyconides, tandis que celui-ci est allé dans la ville avec sa mère (cf. *uu.* 697-698, 804).

u. 608, il passe près de la statue, la regarde et lui adresse les *uu.* 608-609. Il traverse le péristyle (*illac* et *illam* au *u.* 610 indiquent qu'il a caché le trésor dans le bois le plus loin possible). Au *u.* 611, arrivé au bord des marches, il pourrait voir de là Pythodicus, mais il se détourne en faisant une invocation *id te quaeso.* Il dit les *uu.* 612 et 613, en descendant les degrés et en traversant la scène. Au *u.* 614, presque arrivé à la hauteur de l'autel, il se retourne, s'arrête et invoque la Fides (*uu.* 614-515). C'est cette dernière prière que Pythodicus entend et qui paraît justifier la scène qui va suivre. Il achève de traverser la scène et est presque à sa porte, lorsque Pythodicus commence le *u.* 616 (*hunc*). Au *u.* 618, il est rentré (*illi*). Au *u.* 619, Pythodicus descend de l'autel ; au *u.* 620, il s'avance vers le fanum (*ibo hinc*) et arrive au pied des marches. En disant *perscrutabor... dum hic est occupatus*, il lance un coup d'œil du côté de la maison d'Euclio pour regarder si on ne le voit pas, prononce les *uu.* 621-623 et entre rapidement. A ce moment, Euclio sort : il vient de voir un corbeau (*u.* 625 *radebat terram*) et l'a entendu croasser (*crocibat*). Il traverse la scène et se précipite quatre à quatre dans le fanum (*ego cesso currere*).

Scène qui commence au *u.* 628. — On peut supposer que cette scène se passe sur les degrés du temple, Euclio sur une des marches, Pythodicus sur le plancher de la scène. En effet, Euclio pousse Pythodicus dehors (*u.* 628 *foras, foras*) à coups de poing (*u.* 632 *uerberas*) : l'autre résiste.

Quae te mala crux agitat? quid tibi mecum est commerci?

Puis, il n'y a plus d'indication d'éloignement qu'à la fin de la scène (*u.* 660).

Fugin hinc ab oculis? abin an non?

orie Euclio. *Abeo* répond Pythodicus. Euclio le regarde partir, mais pour le mieux voir, il reste sur les marches jusqu'à ce que l'autre ait disparu.

Toute la scène, ils sont à côté l'un de l'autre (*uu.* 634, *huc*, 638 *hoc*, 640 *huc*, 641 *eccas*, 642 *hunc*, 645 *hinc*, 649 *huc*, 651 *huc*, 656 *hunc*, 657 *hunc* et *hic*[1], 660 *hinc*).

Le complice présumé de Pythodicus (*uu.* 656, 657, 659 *ille*), dans la pensée d'Euclio, va chercher le trésor à un endroit aussi éloigné que possible, c'est-à-dire, dans le lucus. En effet, Euclio emploie à côté de *ille*, (655) *hic*, qui indique proximité du temple et éloignement du bois : d'où on peut conclure que la scène se passe à l'endroit indiqué plus haut.

Scène qui commence au *u.* 661. — Un instant après, Pythodicus revient, une idée lui a germé dans l'esprit. Au *u.* 662 (*illi*), il est encore éloigné de l'avare. Au *u.* 663, il faut lire *is hic* qui marque que Pythodicus, étant près d'Euclio, est sur les degrés du fanum. Au *u.* 665, il entend qu'on va ouvrir la porte (*foris crepuit*) : il se jette brusquement de côté (*senex eccum*) et se cache derrière un des montants (celui de droite en sortant) de la porte (*u.* 666 *ad ianuam*). Euclio paraît aussitôt.

Scène qui commence au *u.* 667[2]. — Euclio se

1. Les conjectures aux *uu.* 636 *hinc*, 658 *hic* sont à peu près certaines.

2. La porte est à la droite de la statue (cf. scène qui commence au *u.* 608) : car si on suppose qu'Euclio lance un coup d'œil de travers à la Bonne Foi en passant à côté d'elle (*u.* 667), il doit regarder à sa gauche et non à sa droite : Pythodicus, qui s'est caché derrière le montant (côté droit de la porte), au *u.* 666, ne doit ou ne peut être vu du vieillard. Pour cette même raison, la porte doit s'ouvrir à droite en sortant. — *uu.* 670 illum, 671 illic, 678 illuc.

retourne à droite en sortant du temple pour regarder la statue (*u.* 667 *fide*), descend lentement et sort par le côté rus.

Au *u.* 673, il regarde sa marmite (*hoc*).

Pythodicus, qui n'a pas bougé tant qu'Euclio a été sur la scène, s'avance de manière à être, au *u.* 680, à peu près à la hauteur de l'autel (*hic*) et sort sur les pas du vieillard.

Scène qui commence au *u.* 682[1]. — Lyconides et Eunomia arrivent a foro. Eunomia est à la gauche de Lyconides. Aux *uu.* 691-692, ils sont en face de la maison d'Euclio à une petite distance, non loin cependant de la maison de Megadorus (*u.* 694 *hac*). Eunomia rentre chez Megadorus au *u.* 696.

I, iam sequor te, mater

Au *u.* 700, Lyconides remonte et entre chez Megadorus.

Scène qui commence au *u.* 701[2]. — Pythodicus arrive *ruri* (cf. *u.* 681), tenant la marmite d'Euclio. Au *u.* 705, *hinc* marque la place en général, si bien que Pythodicus doit avoir traversé le quart de la scène pour disparaître plus facilement, quand il apercevra le vieillard.

Aux *uu.* 705 *illo*, 708 *ille*, 710 *ille* indiquent qu'Euclio est éloigné et qu'il n'est pas visible même pour Pythodicus.

Au *u.* 712, *eccum* indique qu'il est visible seulement pour l'esclave, mais qu'il est encore hors de la scène. Pythodicus se sauve par le fond.

Ibo ut hoc condam domum.

1. *uu.* 695 istuc, 689 eam, 698 hic, 699 illi.
2. *uu.* 702 istos, 704 ille, 712 hoc.

Scène qui commence au *u.* **713**[1]. — Cette scène est extrêmement mouvementée, étant donné les sentiments qui agitent Euclio. Elle doit se passer en grande partie (*uu.* 713-720) sur la ligne du rideau. L'avare arrive *rure* comme un fou *Perii*, *interii*, *occidi*. Il traverse toute la scène *quo curram?* revient à peu près au milieu *quo non curram?* et crie au public *tene*, *tene*. Au *u.* 714, il fait quelques pas sur la scène en tâtonnant.

... caecus eo atque equidem quo eam aut ubi sim aut qui sim.

Au *u.* 715, il revient de nouveau au milieu : puis tombe à genoux devant un des escaliers qui descend à l'orchestre et implore la pitié du public (*u.* 716[2]). Voyant un spectateur remuer (supposons à droite), il se relève, s'avance quelque peu de son côté et s'adresse à lui. En plusieurs endroits du théâtre, on éclate de rire : ce qui affole Euclio : il va à gauche *quid est?* revient à droite *quid ridetis?* s'arrête au milieu, à la fin du *u.* 718 (*hic*). Il parle toujours au public (*uu.* 715-720).

Puis, en gesticulant et en courant (*uu.* 721-724), il s'est rapproché de la porte de Megadorus (*u.* 726-727 *hic*) et se laisse tomber sur les marches de la maison. (*u.* 731 *hic*). Lyconides, qui a entendu des cris, croit qu'on vient demander du secours pour Phaedra et se précipite de l'ostium sur le pas de la porte. Quand il aperçoit Euclio (*u.* 726), ne pouvant ni reculer, ni avancer (*u.* 726-730), il préfère sortir.

Scène qui commence au *u.* **727**[3]. — Euclio est

1. *u.* 722 hic.

2. J'admets, dans l'ordre des vers, l'interversion proposée par Hermann.

3. *uu.* 734 id, 737 is, 740 id, 755 eam, 773, 773 id, 783 is, 803 haec — 733, 744 istuc, 746 istacin, 747 istuc, 765 istaec, 773 istuc — 737 illam, 741 illud, 754, 758, 766 illam, 781 eccillam, 785 illum.

resté à la droite de Lyconides (au *u*. 746, *huc* indique qu'Euclio est le plus près de sa maison). Du *u*. 732 au *u*. 746, ils avancent sur le proscenium.

Au *u*. 778, Lyconides peut montrer la maison de Megadorus (*hic*). Ce qui laisse à supposer qu'Euclio est près de chez lui, tourné de biais, Lyconides à sa gauche, un peu en arrière.

Au *u*. 781, Lyconides, qui semble durant toute la scène s'être tenu à une petite distance d'Euclio, se rapproche familièrement de lui.

Au *u*. 802, Euclio sort *Iam te sequor*.

Lyconides reste devant la porte d'Euclio (*uu*. 805 *hic*, 807 *hunc*) : il s'assied sur le banc (*u*. 807), en attendant Pythodicus qu'il croit avec la nourrice de Phaedra.

Scène qui commence au *u*. 808[1]. — Pythodicus arrive par le fond et reste en disant les *uu*, 808-810 entre l'autel et le temple. Lyconides ne le voit pas, mais l'entend parler (*u*. 811 *uocem loquentis*).

Ils s'aperçoivent bien qu'éloignés l'un de l'autre (*uu*. 811 *hic*, 813 *hunc*, 815 *illum*, 816 *illi* indiquent a parte et éloignement).

Pythodicus s'avance *Congrediar* et Lyconides aussi *Contollam gradum* : ils sont à côté l'un de l'autre, non loin de la maison d'Euclio (*uu*. 822, 829 *huic*).

1. *u*. 815 huius.

VII

NOTES CRITIQUES

Voici quelques passages de l'Aulularia pour lesquels je propose des conjectures.

uu. **85** et **463**.

Au *u.* 85, les manuscrits donnent :

Mirum quin tua nunc me causa faciat Juppiter

Au *u.* 463 :

Qui simulauit mei honoris mittere huc causa coquos.

Dans le premier exemple (sénaire ïambique), le vers est faux, parce qu'il a une syllabe de trop : on corrige en supprimant arbitrairement *nunc.*

Dans le deuxième exemple (septénaire trochaïque), le vers est faux, parce qu'il a une syllabe de moins : on corrige en ajoutant *se* qui va bien pour le mètre, mais pas du tout pour le sens.

Le plus simple est de restituer les formes archaïques, dans le premier exemple *tis*, dans le deuxième *mis.*

u. 85.

Mirum quin [tis] nunc me causa faciat Juppiter.

u. 463.

Qui simulauit [mis] honoris mittere huc causa coquos.

Cf. pour ces formes archaïques, *Amph.* ed. Havet, *u.* 284.

u. **262**.

Les manuscrits donnent :

Hodie quin faciamus num quæ causa ē Immo edepol optuma.

On a proposé des corrections un peu violentes : remplacer, par exemple, *edepol* par *hercle*, ou bien d'intervertir *Hodie quin faciamus* et *nunc quæ causa est*.

La faute doit avoir une origine dans ē. Il faut mettre simplement *est* avant *causa* et le vers est sur ses pieds :

Nous avons alors :

Hodie quin faciamus num quæ est causa? Immo edepol optuma.

u. **263.**

Les manuscrits nous donnent :

MEG. *Ibo igitur parabo. Numquid me uis.* EUCL. *Istuc fiet uale.*

On a proposé différentes conjectures (voir l'apparat de Götz). Je crois que Müller s'est approché le plus de la vérité en proposant :

EUCL. *Istuc : i et uale.*

Je modifierai ainsi sa conjecture.

EUCL. *Istuc* : *ei*. MEG. *Vale*.

Fiet provient du texte lui-même et d'une glose. Un des ancêtres de nos manuscrits (en capitale) avait FI par suite d'un accident : un correcteur aura remis en surcharge *ei*, interprété *et* par le copiste suivant qui aura pris *ei* pour un mot oublié et écrit *fiet*.

Euclio répondra à Megadorus : « *Volo* (sous-entendu) *istuc* (je veux ce que tu viens de dire) : *ei* (va-t-en).

Il y a une faute par surcharge à peu près semblable au *u.* 458 : *iet* B *et* D ».

En outre, il me paraît peu vraisemblable que *Vale* soit mis dans la bouche d'Euclio : d'ordinaire, quand un personnage s'en va, c'est lui qui dit adieu le dernier : c'est une règle élémentaire de politesse (cf. Aul. *u.* 175).

On comprend très bien ici qu'Euclio oublie de dire *Vale* : mais on comprend moins que Megadorus manque de le faire : c'est peu conforme à son caractère. C'est pourquoi, je mettrais MEG. avant *Vale* et le supprimerais devant *Heus Strobile* au vers suivant[1].

u. **713.**

Perii, interii, occidi, quo curram? quo non curram?
Tene, tene, quem? quis?

Quem à côté de *quis* ne peut s'expliquer. Ussing avait vu la difficulté et avait corrigé *quis* en *quos*.

Il n'y a rien à corriger, mais simplement une coupe à faire dans le dialogue. Euclio crie au public *tene, tene*. Une voix dans la salle (le joueur de flûte ou un loustic quelconque) demande : *Quem?* Euclio répond : *Quis? nescio.*

En tête de scène ayant le u. 808.

Au *u.* 828, *D E* présentent une leçon bizarre. *Aunde* Si on suppose *ah! unde*, comme l'ont voulu plusieurs commentateurs, le vers[2] ne peut plus se scander et le sens de la phrase est obscurci. Je verrais plutôt dans cet *a* intrus le reste de la lettre grecque désignant le personnage dans la bouche duquel *unde* est placé (une confirmation indirecte de ce fait est au *u.* 822; à la réplique du même personnage, les manuscrits ont *Heuclioni* au lieu de *Eucl-* : faute unique pour ce mot. Cet *H* pourrait n'être qu'un *A* mal interprété).

Aussi je crois que dans l'en-tête avant le *u.* 808 on peut restituer :

A STROBILVS B LYCONIDES
SERVVS ADVLESCENS

1. Cf. pour une construction et un jeu de scène semblable, *Mil.* 1195. PA. *Abi cito atque orna te.* PL. *Numquid aliud?* PA. *Haec ut memineris* PL. *Abeo.*

2. Octonaire trochaique.

VIII

SCÈNE QUI COMMENCE AU V. 280.

Le texte de toute cette scène est fort difficile à établir, étant donné la complexité des jeux de scène, les fautes de copiste et les singulières altérations des noms d'interlocuteurs. Nous allons essayer d'en donner une restitution d'ensemble, d'après la vraisemblance dramatique et le caractère qui nous semble le plus propre à chacun des interlocuteurs.

Du *v.* 280 au *v.* 298, l'enchaînement des idées est très logique : il n'y a que les fautes de détail et la distribution du dialogue qui soient à revoir. A partir du *v.* 298, le raisonnement ne se suit plus et est des plus embrouillés : la gradation des hyperboles n'est nullement respectée. On suppose une lacune ou une interversion après le *v.* 298 : le *v.* 299 des manuscrits (300 de Götz) est un membre de phrase isolé, ne se rapportant à rien. On corrige tant bien que mal le *v.* 305, auquel il manque un demi-pied : le *v.* 306, qui est faux et n'a pas de sens tel qu'il est donné par les manuscrits, est une boutade qui n'a rien de commun avec ce qui est dit précédemment et arrive beaucoup trop tôt : on le remanie plus ou moins arbitrairement. Le *v.* 307 *At scin quomodo?* annoncerait, étant donné les hyperboles des *vv.* 300-302, quelque chose de plus énorme que pleurer sur la perte de l'eau qu'on emploie à se laver. On considère le *v.* 315 comme interpolé, en qualité de question qui reste sans réponse.

Quant aux coupes du dialogue, sauf pour Strobilus (cf. cependant le *v.* 316), on les fait absolument au hasard.

Je crois qu'il faut toucher au texte lui-même beaucoup moins qu'on ne le fait d'ordinaire : au contraire, changer l'ordre des vers donné par les manuscrits.

Voici l'ordre que nous proposerions. Distribuer le *u.* 298 de la manière indiquée par M. L. Havet, puis mettre 308, 300, 301, 302, 303, 304, 305, 309-315, 306, 307, 316, 317, 299, 318, 319.

Aux *uu.* 297-298, Strobilus déclare :

Pumex non aeque est aridus atque hic est senex.

Au *u.* 299, série d'objections d'un des Coci, à qui Strobilus répond *Tute existima.*

Il dit le *u.* 309.

Aquam hercle plorat, cum lauat, profundere.

C'est en quelque sorte l'annonce de plaisanteries violentes par un trait déjà un peu forcé et qui excite le rire de ses auditeurs (*u.* 300 *Quin*).

Il continue par les *uu.* 300-302.

Arrêté au *u.* 303 par l'un des Coci, qui ne comprend pas pourquoi Euclio se met une bourse devant la bouche *Cur*? Il répond :

Ne quid animae forte amittat dormiens.

L'autre Cocus profite de l'occasion pour faire une plaisanterie (*uu.* 304-305), d'assez mauvais goût, calquée exactement sur celle des *uu.* 302-303. Ces deux vers me semblent fortement suspects surtout 305[1], qui n'est qu'une répétition exacte du *u.* 303. Ils ont dû être ajoutés par un remanieur, heureux de glisser un peu de gros sel, pour amuser les badauds un jour de représentation populaire.

Cette idée de la bourse amène tout naturellement sur

1. La conjecture de Wagner est absolument certaine.

les lèvres du cuisinier, qui a parlé au *u.* 303, la réflexion des *uu.* 309-310. A quoi Strobilus répond par de nouvelles plaisanteries de plus en plus incroyables (*uu.* 311-313). Ce qui provoque l'exclamation d'un Cocus au *u.* 314, mais excite légèrement l'incrédulité de l'autre qui doit dire le *u.* 315. C'est, après ce vers, la vraie place des *uu.* 306-307. Strobilus doit relever ce sourire et s'indigner contre ce scepticisme par une mise en demeure catégorique de croire tout ce qu'il dit (*u.* 306). L'autre proteste de sa parfaite crédulité *Immo equidem credo* et Strobilus achève *At scin etiam quomodo*, puis lance les *uu.* 316-317. Nous mettons ici le *u.* 299 qui ne serait qu'une drôlerie, destinée à en renforcer une autre déjà assez raide par elle-même[1], puis les *uu.* 318 et 319.

Examinons maintenant le détail de quelques-uns de ces vers.

Pour 312, j'admets la conjecture de Seyffert. Pour 315, je crois qu'il faut d'abord supprimer *esse* glose de *uiuere* introduite à tort, garder les deux adverbes *parce et misere* et intercaler un pronom *eum* (celui dont nous parlons) avant *uiuere*. Ces adverbes sont d'ailleurs employés par Plaute avec *uiuere* (et d'autres verbes), de préférence à l'adjectif équivalent, s'accordant avec le sujet de la phrase.

Le *u.* 306[2], que j'intercale après le *u.* 315, tel qu'il est donné par les manuscrits, est faux. Les corrections qu'on lui fait subir sont peu satisfaisantes. D'abord on met la forme archaïque *med*. Pourquoi alors laisser *te*? Ensuite on intervertit *credere* et *credo*. Il y a bien des raisons de se méfier de ces interversions. Je crois plutôt que la faute est double. *Credo* dans ce vers est inu-

1. Construire *Deuenit ad praetorem plorabundus suam rem seque eradicarier*.

2. Cf. Lindsay, Errors of name of speaker in dialogue, p. 39-40.

tile et même embarrassant pour le sens : à la place qu'il occupe, il a tout l'air d'être un mot, ajouté en marge, qui s'est accolé au texte primitif. Donc supprimons-le et gardons la forme *me*, nous avons :

Haec mihi te ut tibi me aequum est credere

Mais, au milieu, il manque trois demi-pieds : il sera facile d'en combler la lacune en intercalant avant *aequum* le nom de *Congrio* qui aura été omis, pris par mégarde comme nom d'interlocuteur, l'espace ayant été laissé en blanc pour permettre au rubricator d'accomplir son œuvre.

C'est de ce vers et de cette conjecture, que nous allons partir pour restituer les noms d'interlocuteurs dans le dialogue. Reportons-nous à la position que nous avons établie plus haut, c'est-à-dire Strobilus entre Congrio et Anthrax sur trois plans un peu différents.

. Anthrax

. Strobilus

. Congrio

Restituons en remontant de la fin vers le commencement (en gardant l'ordre proposé) : 306 est à Strobilus (par conséquent 307 CO *Immo*... ST *At* ..) 315 sera à Congrio qui a des doutes, 314 à Anthrax, 311-312 à Strobilus, 309-310 à Congrio en réponse à son *cur* du *u.* 303 : nous allons voir pourquoi à lui plutôt qu'à Anthrax.

Reprenons la scène à partir du *u.* 290. Strobilus a dit les *uu.* 290-292, en s'avançant vers les provisions. Congrio et Anthrax sont restés à la même place qu'en entrant en scène. Strobilus en marchant a dû se mettre devant Congrio et lui masquer la vue des maisons. Anthrax seul peut donc montrer les deux maisons au *u.* 294. Strobilus lui répond sans le regarder *Nempe sicut dicis.* Congrio reprend *Quid hic... nuptiis* (294-295). C'est Congrio qui doit le dire : si c'était Anthrax, Strobilus serait d'abord obligé de tourner le dos au public, puis de se retourner : ce qui constituerait un ensemble de mouvements disgracieux. Il est plus naturel de supposer que, Congrio étant sur le premier plan, Anthrax sur le second, et Strobilus entre les deux, Congrio lui adresse la parole et que Strobilus, déjà un peu de biais, le regarde se tournant tout à fait vers lui (par conséquent vers le public) et lui réponde le *u.* 296 *Vah.*

Le dialogue continue naturellement (*uu.* 296-303) co *Quid negoti est* et les vers qui suivent doivent être distribués entre Congrio et Strobilus seuls.

Si toutefois on ne suppose pas les *uu.* 304-305 interpolés, on doit les placer dans la bouche d'Anthrax, qui a pris pendant ces quelques vers la position que nous avons déterminée, et qui trouve l'excellente occasion de se mêler à la conversation.

En outre, dans l'esprit de Congrio, il doit se produire une association d'idées directe : la mention de la bourse lui fait songer immédiatement à l'argent qu'il pourrait tirer d'Euclio afin d'obtenir sa liberté. La question *censen* (*u.* 309) se trouve naturellement sur ses lèvres.

Pour ce qui est de la distribution entre les *uu.* 283 et 290, je conserve celle de Götz, sauf pour le *u.* 289 où je donne *cuius ducit filiam* à Congrio : car il semble dans toute cette scène, si notre restitution est exacte, s'intéresser spécialement à Euclio et à sa maison.

Aussi sera-t-il largement récompensé de cet intérêt si bien placé, lorsque Strobilus l'y enverra : d'où protestation et *uu.* 334 *sqq.*

Pour la distribution entre les *uu.* 322 et 332, je garde

celle proposée par M. L. Havet (*Revue de Philologie*, 1888, p. 107).

Il reste à examiner maintenant si, dans cette restitution, j'ai toujours eu devant les yeux le précepte d'Horace.

Qualis ab incepto processerit, seruetur ad imum.

Par le peu que nous connaissions avec certitude du caractère de Congrio, nous savons qu'il aime l'argent (*uu.* 344-345, 448, 456), qu'il a peu d'esprit (*uu.* 357-358, 416-417) et grossier (*u.* 334). Anthrax, au contraire, tourne les calembours gracieusement (*uu.* 401-402), dit les choses sans trop d'aigreur (*uu.* 330-331), excepté quand on l'injurie (*u.* 326). Je crois les avoir fait tels : Anthrax ne pourra placer une parole sans plaisanter (*uu.* 283-284, 304-305, 323). Ce sera un cuisinier jovial, presque aimable. Par contre, Congrio sera un cuisinier grincheux (*u.* 295) et malappris, qui n'a que ce qu'il mérite quand il est envoyé chez l'avare et rossé par lui. Il est bavard et questionneur jusqu'à l'ennui (*uu.* 289, 296, 297, 298, 315) : il aime l'argent (*uu.* 309-310).

Voici la restitution d'ensemble de tout ce passage.

STROBILVS

Posquam obsonauit erus et conduxit coquos
Tibicinasque hasce apud forum, edixit mihi
Vt dispertirem *hos omnis* hic bifariam.

ANTHRAX

Me quidem hercle *hic tu bifariam*[1] non diuides.
Si quo tu totum me ire uis operam dabo.

1. Les manuscrits ont *dicam palam* qui est inintelligible. Anthrax ici joue sur les mots du vers précédent *dispertirem bifariam*. Il est donc naturel qu'il répète au moins un de ces deux mots pour donner de la

CONGRIO

Bellum et pudicum uero prostibulum popli.
Po*l* si quis uellet te, haud ne uelles diuidi.

STROBILVS

Atqu*i* ego istuc, Anthrax, aliouorsum dixeram,
Non istuc quo tu insimulas. — Sed erus nuptias
Meus hodie faciet.

CONGRIO

Cuius ducit filiam ?

STROBILVS

Vicini huius Euclionis *hinc* e proximo.
Ei adeo obson*i* hinc dimidium iussit dari,
Cocum alterum itidemque alteram tibicinam.

ANTHRAX

Nempe h*i*c dimidium dicis, dimidium domi.

STROBILVS

Nempe sicut dicis.

CONGRIO

Quid ? hic non poterat de suo
Senex obsonari filia*i* nuptiis ?

STROBILVS

Vah !

CONGRIO

Quid negot*i* est ?

STROBILVS

Quid negot*i* sit rogas ?
Pumex non aeque est aridus atque hic est senex.

vraisemblance à sa plaisanterie. C'est pourquoi, je propose de lire *hic tu bifariam*. D'ailleurs Congrio va reprendre cette plaisanterie au *u*. 286 : seulement il jouera sur *diuidi* et non sur *bifariam*.

CONGRIO

Ain tandem ?

STROBILVS

Ita esse.

CONGRIO

Vt dicis ?

STROBILVS

Tute existima. 298
Aquam hercle plorat, cum lauat, profundere. 308
Quin diuum atque hominum clamat continuo fidem, 300
De suo tigillo fumus si qua exit foras.
Quin cum it dormitum, follem obstringit ob gulam.

CONGRIO

Cur ?

STROBILVS

Ne quid animae forte amittat dormiens. —

ANTHRAX

[Etiamne obturat inferiorem gutturem ?

STROBILVS

Cur ?

ANTHRAX

Ne quid animae forte amittat dormiens.] 305

CONGRIO

Censen talentum magnum exorari pote 309
Ab istoc sene ut det qui fiamus liberi ? 310

STROBILVS

Famem hercle utendam, si roges, numquam dabit.
— Quin *quom* ipsi pridem tonsor unguis dempserat,
Collegit, omnia abstulit praesegmina.

ANTHRAX

Edepol mortalem parce parcum praedicas.

CONGRIO

Censen uero adeo parce et misere *eum* uiuere? 315

STROBILVS

Haec mihi te ut tibi me, *Congrio*, aequum est credere 306

CONGRIO

Immo equidem credo.

STROBILVS

At scin etiam quomodo? 307
Pulmentum pridem *quidam* eiri puit miluus : 316
Homo ad praetorem plorabundus deuenit 317
Suam rem perisse seque eradicarier. 299
Infit ibi postulare, plorans, eiulans, 318
Vt sibi liceret miluum uadarier. 319

MACON, PROTAT FRÈRES, IMPRIMEURS.

www.ingramcontent.com/pod-product-compliance
Ingram Content Group UK Ltd.
Pitfield, Milton Keynes, MK11 3LW, UK
UKHW021312190726
13839UKWH00007B/1201